W0270668

ANGÉLIQUE

ISBN : 978-2-7021-8986-3

Guillaume Musso

Angélique

roman

Illustrations de Matthieu Forichon

CALMANN LÉVY
ÉDITEUR DEPUIS 1836

À Nathan et à Flora

Je m'intéresse aux insatisfactions de cette partie de nous-mêmes à jamais frustrée, qui voudrait être autre, pas forcément mieux, simplement autre.

Patricia HIGHSMITH

Je cherche un style, non seulement neutre, mais un style qui colle à la pensée de mon personnage à ce moment-là.
Le style doit suivre tout le temps, changer à mesure que pense mon héros.

Georges SIMENON

I.

LOUISE COLLANGE

1

La jeune fille au violoncelle

On ne se rencontre qu'en se heurtant [...].

Gustave FLAUBERT

1.

Paris.

Hôpital Pompidou.

Lundi 27 décembre.

Une trouée de lumière dans un ciel tourmenté. C'est l'image que la musique faisait naître dans sa tête. Le long phrasé de violoncelle dessinait des ondulations hypnotiques qui invitaient au lâcher-prise. Dans un état de semi-conscience, Mathias sentit sa respiration se modifier pour s'adapter au rythme de la mélodie. Porté par les notes, il s'abandonna à ce voyage intérieur, éprouvant un apaisement qu'il n'avait plus connu depuis longtemps. Des éblouissements et des sensations remontaient à la surface. Le bleu de la Méditerranée, les corps alanguis sur le sable, les baisers sur les lèvres salées.

Mais cette félicité était précaire. Une tempête couvait non loin. Des sentiments discordants s'entrelaçaient, symbiose contrariée entre insouciance et gravité. Soudain, l'harmonie se brisa, comme si l'archet avait dérapé sur les cordes, annihilant tout espoir de volupté.

Mathias Taillefer ouvrit les yeux.

Il était allongé sur un lit d'hôpital, vêtu d'une de ces horribles chemises en coton délavé qui vous laissaient les fesses à l'air. Deux tuyaux de perfusion partaient du cathéter planté dans son bras tandis qu'à sa gauche, un électrocardioscope affichait le tracé fébrile des battements de son cœur. Sur le lit voisin, son compagnon de chambre à l'âge canonique n'avait pas émergé de la journée et lui donnait l'impression désagréable d'avoir été admis en soins palliatifs plutôt que dans un service de cardiologie. Le staccato déprimant de la pluie avait remplacé la voix chaude et vibrante du violoncelle. En guise de Méditerranée, la grisaille parisienne obscurcissait tout. Pendant un moment, la musique de son rêve l'avait transporté loin de l'hôpital, mais cette escapade avait été de courte durée.

Chienne de vie.

Avec difficulté, Mathias ajusta son oreiller pour se redresser à demi. Et c'est alors qu'il la vit, en partie plongée dans l'ombre : la silhouette d'une jeune fille, assise très droite sur une chaise, son violoncelle entre les jambes. La musique avait donc existé autre part que dans sa tête.

— Qui es-tu ? articula-t-il d'une voix pâteuse.

— Je m'appelle Louise. Louise Collange.

La voix juvénile trahissait la fin de l'adolescence, mais ne paraissait pas intimidée pour un sou.

– Et que… que fais-tu dans ma chambre, Louise Collange ? Tu crois que c'est un endroit bien choisi pour répéter le concert du lycée ?

– Je suis bénévole pour l'association « Un musicien à l'hôpital », répondit-elle.

Mathias plissa les yeux pour mieux la voir tandis qu'elle se rapprochait de lui. Visage ovale encadré de longs cheveux blonds et lisses, fossette sur le menton, pull à col Claudine, jupe trapèze en velours, bottines en cuir. Un flambeau qui éclairait les ombres dans la torpeur de l'hôpital.

– Ça ne vous a pas plu ?

– Ton morceau de Schubert ? Non, ça m'a fait mal aux dents… et aux cheveux.

– Vous exagérez.

– … Et ça m'a réveillé.

Vexée, Louise haussa les épaules.

– D'habitude, les gens apprécient.

– Les patients apprécient qu'on vienne les emmerder dans leur chambre d'hôpital ?

– On appelle ça la contre-stimulation sensorielle, expliqua la jeune fille en tirant la chaise de skaï rouge à côté de lui avant de s'asseoir. La musique permet d'allumer un contre-feu qui va faire que le malade ressentira moins la douleur.

– C'est n'importe quoi, souffla-t-il en secouant la tête. Tu te crois médecin ? Tu as lu ça où ?

– Dans les manuels de médecine, justement. Je suis en deuxième année.

– Mais tu as quel âge ?

– Dix-sept ans. J'ai sauté deux classes.

Si elle croyait l'épater… Taillefer resta de marbre. Les chromes de la barre d'appui de son lit lui renvoyaient des fragments mouvants de son visage fatigué : cheveux hirsutes, tempes poivre et sel, barbe d'une semaine, regard bleu marine voilé de lassitude.

– Bon, puisque tu as fini ton petit récital, tu peux nous laisser, Louise.

D'un geste du menton, il désigna le lit voisin du sien :

– Je ne crois pas que ta musique ait la moindre chance de sortir Papy Brossard du formol.

– Comme vous voulez.

Tandis que la jeune fille remettait son instrument dans son étui, Taillefer se frotta les paupières, épuisé. Il avait été hospitalisé la veille après un malaise cardiaque apparemment sans gravité, mais qui nécessitait toute une batterie d'examens au vu de ses antécédents médicaux et de son statut de transplanté. Si les résultats des analyses étaient satisfaisants, il pourrait peut-être espérer sortir le lendemain. En attendant, il devait vivre encore quelques heures dans cette chambre sinistre où flottait un avant-goût de la mort.

Il ne cessait de penser à son chien, resté seul à la maison, au temps pourri qui s'abattait sur Paris en cette fin d'année : des semaines de flotte et de ciel bas, un horizon bouché depuis si longtemps qu'il lui donnait l'impression que le printemps ne reviendrait jamais. Et à présent, cette gamine qui ne voulait pas s'en aller…

— T'es encore là ? gronda-t-il.

— Deux minutes ! Je range mes partitions.

— Tu n'as pas mieux à faire que de venir jouer les Jacqueline du Pré dans les hôpitaux ?

Louise haussa les épaules.

— C'est qui, Jacqueline du Pré ?

— Tu chercheras. Sérieusement, quitte cet endroit sinistre et va faire des trucs de ton âge.

— Et c'est quoi « des trucs de mon âge », d'après vous ?

— J'en sais rien : sortir avec des copines, traîner avec des garçons, te bourrer la gueule…

— Très inspirant.

Il durcit sa voix :

— Bon, maintenant ouste, dehors. Rentre chez toi si tu n'as ni copains ni copines.

— Vous n'êtes vraiment pas aimable.

— Mais c'est toi qui viens me casser les pieds ! s'énerva-t-il en haussant le ton.

Un long borborygme agita ses entrailles. Il posa la main sur son ventre en grimaçant.

– En plus, j'ai la dalle. Tiens, si tu veux vraiment te rendre utile, essaie de me trouver quelque chose à becter avant de partir.

– Je vais demander aux infirmières.

– Non, non, surtout pas ! Je ne veux pas de leur compote imbitable. Il y a un café dans l'atrium de l'hôpital, le Relais H. Prends-moi un jambon-beurre ou un sandwich pain suédois au saumon.

– Vous ne voulez pas une bière non plus ? Le sel, c'est mauvais pour le cœur.

– Fais ce que je te demande, s'il te plaît. Ça me fera davantage plaisir que ton Schubert.

Louise hésita, puis :

– Vous gardez un œil sur mon violoncelle ?

Il acquiesça de la tête.

– T'inquiète pas.

2.

Resté seul avec Papy Brossard, Taillefer regarda sa montre : il n'était pas encore quatre heures de l'après-midi et il faisait déjà presque nuit. Il porta la main au niveau de la grande cicatrice qui partageait son thorax en deux. Cinq ans et demi qu'il vivait avec le cœur d'un autre. Avec le temps, la balafre s'était atténuée, à mesure que grandissait la crainte de voir un jour son cœur de rechange le lâcher. Il ferma les yeux. La veille, près des ruches du parc Montsouris, il avait bien cru que son heure était arrivée. Il avait soudainement ressenti une brûlure intense à la poitrine puis l'impression qu'un étau lui compressait le cœur. La douleur avait irradié jusque dans sa mâchoire et l'avait fait chanceler, nauséeux, le souffle coupé, comme s'il venait de disputer une course de demi-fond.

Il n'avait repris ses esprits que dans l'ambulance qui le conduisait à Pompidou. Si les premiers examens et analyses avaient été plutôt rassurants, la peur ne le quittait pas. L'hôpital le tétanisait. Son ambiance sinistre, sa nourriture dégueulasse, l'infantilisation des patients, le pistolet en plastoc dans lequel vous deviez pisser, le risque élevé de choper une infection nosocomiale. Il ne pouvait se défaire de la conviction viscérale qu'on y entrait parfois pour une broutille et qu'on en ressortait les pieds devant.

— Voilà le goûter !

Taillefer sortit de sa torpeur. Louise Collange agitait un sac en papier devant elle.

— Je vous ai pris des crudités, c'est meilleur pour la santé, annonça-t-elle en sortant une salade en barquette.

Il démarra au quart de tour :

— Tu te fous de moi ? Pourquoi tu as fait ça ? Je t'avais demandé du saumon ou du…

— Du calme, les crudités, c'est pour moi. Le voilà votre sandwich !

Il lui lança un regard noir – pas le genre de blague qui le faisait rire – et déballa son en-cas en ronchonnant.

— Ne te sens surtout pas obligée de me tenir compagnie, l'avertit-il alors qu'elle s'installait sur la chaise à côté de lui.

— C'est vrai que vous êtes flic ?

Il fronça les sourcils. La journée allait être longue.

— Qui t'a dit ça ?

— J'ai entendu les infirmières en parler. Elles disent que vous travaillez à la Crim.

Taillefer secoua la tête.

— C'était dans une autre vie. Ça fait cinq ans que j'ai quitté la police.

— Vous avez quel âge ?

— Quarante-sept.

— C'est jeune pour la retraite.

— C'est la vie, répondit-il en mordant dans son pain suédois.

Elle insista :

— Qu'est-ce qui vous est arrivé ? C'est à cause de vos problèmes cardiaques ?

— Ça ne te regarde pas le moins du monde.

— Et vous faites quoi à présent ?

— Je t'écoute parler, soupira-t-il. Je subis ton interrogatoire en me demandant ce qui me vaut de mériter ça.

— Vous n'êtes pas commode, vous.

— Je te le confirme.

Il termina son sandwich en silence avant de se montrer plus ferme.

— Écoute Louise, tu es sans doute une jeune fille très brillante, mais je n'aime pas qu'on me casse les pieds. Ton bénévolat peut certainement intéresser des gens, plus loin dans ce couloir. Moi, je me fous royalement de ta vie, de tes états d'âme et de tout ce que tu pourras me raconter. Et contrairement aux apparences, je ne suis pas un gentil gars. Alors, je vais te demander poliment une dernière fois de quitter ma chambre, sinon je…

— Sinon quoi ? le coupa-t-elle. Vous allez appeler une infirmière ?

— Sinon, je vais me lever et te mettre moi-même dehors à coups de pied au cul, répondit-il calmement. C'est clair ?

— Si vous êtes désœuvré, j'ai peut-être un travail pour vous.

— Je ne cherche pas de travail ! cria-t-il. Je cherche à me reposer !

— Je pourrais vous payer. J'ai de l'argent, vous savez.

Sidéré par son aplomb, Taillefer eut un moment de découragement. Par son côté pénible et pot de colle, la fille était une sorte de François Pignon au féminin. Une emmerdeuse dont il allait *vraiment* devoir se débarrasser *manu militari*.

— Je voudrais que vous enquêtiez sur la mort de ma mère.

— Voilà autre chose…

— Elle est morte il y a trois mois.

— Désolé pour toi.

Louise hocha la tête et Taillefer se sentit obligé de poursuivre :

— Elle est morte de quoi ?

— D'après la police, d'un accident.

— Et d'après toi ?

— Je pense qu'on l'a assassinée.

Une infirmière poussa la porte de la chambre à ce moment-là pour sa visite de contrôle. Elle vérifia les perfs, les constantes sur le scope, la saturation sur l'oxymètre tout en faisant mollement la conversation. Taillefer hésita à saisir la balle au bond pour demander qu'on le débarrasse de la gêneuse, mais il garda finalement le silence. Louise reprit la parole dès que la soignante se fut éclipsée :

— Je voudrais que vous jetiez un coup d'œil au dossier, que vous donniez quelques coups de fil, que vous…

— Mais de quel dossier tu parles ?

— Commencez par lire les articles de presse à propos de sa mort. Tapez son nom sur Internet.

— Il n'en est pas question.

— Ça vous prendra deux heures de votre temps. Et vous pouvez me demander n'importe quoi en échange.

Une lueur d'intelligence brillait dans les yeux de la jeune fille. Une lumière vive et inquiète.

— N'importe quoi, vraiment ?

Il eut soudain une idée qui avait le mérite d'alléger l'inquiétude qui le tourmentait depuis qu'il avait été admis à l'hôpital.

— Tu irais nourrir mon chien qui est resté chez moi ?

— Et en échange vous reprenez l'enquête sur ma mère ?

— Non, non. En échange, je passe deux heures à lire des articles de presse sur la mort de ta mère, c'est différent.

— Marché conclu. C'est quoi comme chien ?

— Un berger allemand. Il s'appelle Titus.

— Il est gentil ?

— Pas du tout, et il n'aime pas les emmerdeuses, alors méfie-toi.

Taillefer donna à Louise ses clés, le code de l'alarme et son adresse, square de Montsouris.

— On est bien d'accord : tu entres, tu nourris Titus et tu repars aussi sec, sans rien toucher dans la maison.

— On est d'accord, acquiesça-t-elle. Comment on fait pour le débrief ?

— Laisse-moi ton numéro, c'est moi qui te contacterai. Elle s'appelait comment, ta mère ?

— Petrenko. C'était la danseuse étoile Stella Petrenko.

2

La chute de Stella Petrenko

Quand on cherche désespérément quelque chose, on ne le trouve pas. Et quand on s'efforce d'éviter quelque chose, on peut être sûr que ça va venir vers nous.

Haruki MURAKAMI

1.

Dix-neuf heures.

Allongé sur son lit d'hôpital, Mathias Taillefer connecta son ordinateur portable à son téléphone. Le réseau ne cassait pas des briques, mais c'était mieux que rien. Dans ses écouteurs, la guitare familière de Pat Metheny. À travers la fenêtre, la nuit parisienne : noire, pluvieuse, sans espoir. Taillefer pianota sur son clavier à la recherche de renseignements sur la mère de Louise. Si le nom de Stella Petrenko ne lui était pas inconnu, il aurait été incapable d'y associer un visage. Quant à l'annonce de sa mort, il était passé complètement à côté.

Il téléchargea une dizaine d'articles des grands quotidiens nationaux et les parcourut dans l'ordre chronologique pour voir apparaître un portrait assez complet de la danseuse étoile.

Un mètre soixante-douze, des jambes de sauterelle et un long cou de cygne, Stella Petrenko avait été l'une des stars françaises de la danse classique dans les années 1990 et 2000. Née à Marseille en 1969 dans une famille modeste originaire de Lviv en Ukraine, elle débarque dans la capitale à l'âge de douze ans pour rejoindre l'école de danse du palais Garnier. Pur produit de l'excellence de l'Opéra de Paris, Petrenko grimpe les échelons avec détermination. À dix-sept ans, elle intègre le corps de ballet et poursuit son ascension dans les années qui suivent : quadrille, coryphée, sujet. À vingt-deux ans, elle est première danseuse dans le double rôle d'Odette et Odile dans *Le Lac des cygnes*. Mais la même année, elle est renversée par un motard en plein Paris. L'accident nécessite une opération et une longue rééducation qui l'obligent à mettre sa carrière en suspens. Toute sa vie Stella demeure en délicatesse avec son dos et son genou. Malgré ce coup du sort, elle se bat pour revenir au plus haut niveau et à force de ténacité parvient à remonter sur scène. Elle accède finalement au statut d'étoile assez tard, à l'âge de trente ans.

Petrenko avait travaillé avec les plus grands chorégraphes de l'époque – Maurice Béjart, William Forsythe, Pina Bausch – et donné quelques interprétations mémorables du *Sacre du printemps* et du *Boléro* de Ravel. On l'avait vue dans des pubs élégantes pour Repetto, Hermès, AcquaAlta, mais des blessures à répétition avaient gâché ses dernières années de carrière : le dos toujours, et les ligaments du genou. La retraite obligatoire des danseuses étoiles à quarante-deux ans lui avait fait quitter la scène avec des regrets.

Elle avait eu une fille en 2004 avec Laurent Collange, son compagnon de l'époque, premier violon de l'Orchestre philharmonique de Radio France.

Taillefer retira ses écouteurs et décapsula une canette de Coca Zero qu'un aide-soignant peu scrupuleux était allé lui acheter en échange d'un billet de dix euros. Sur YouTube, il lança un extrait du ballet *Roméo et Juliette* de Prokofiev dans lequel Stella tenait le rôle principal. Le passage le bouleversa.

Stella Petrenko n'avait rien à voir avec l'image d'Épinal de la ballerine filiforme au visage de porcelaine. Ses origines ukrainiennes ne sautaient pas au visage. Au premier abord, il n'y avait aucune véritable grâce dans son physique. Une carrure tout en muscles, des jambes trop longues sculptées par huit heures d'entraînement quotidien, des bras qui semblaient osseux. Cette singularité se retrouvait dans son visage anguleux. Des joues creusées, des yeux démesurément grands et tourmentés, des cheveux de jais dont une mèche s'échappait souvent de son chignon tiré.

Mais lorsqu'elle se mettait en mouvement, la magie opérait. Par une étrange alchimie, sur la scène,

Petrenko n'était que grâce et féminité. Ce charme particulier, cette aura envoûtante déstabilisa Taillefer par écran interposé. Comme la part des anges d'un vieil armagnac.

Le flic termina sa recherche par le diaporama d'un site consacré à l'opéra qui retraçait la carrière de la danseuse. Au fil des articles il avait appris plein de choses et, sans l'avoir jamais rencontrée, il éprouvait de la sympathie envers la mère de Louise. En faisant défiler les photos il imaginait très bien la difficulté de son parcours. Une petite fille surdouée et solitaire qui s'était donnée corps et âme à la danse. Une adolescence dans un milieu de compétition brutale où seules les plus fortes survivaient. Une vie de combats et de sacrifices coupée dans son envol par un accident puis la volonté de retrouver la lumière. Une vie exigeante, shootée à l'adrénaline et au vertige de la scène. Une vie heurtée et cabossée, faite de hauts et de bas, qui avait dû lui laisser un goût d'inachevé. Peu connue du grand public, Stella Petrenko avait certes été nommée danseuse étoile, mais sur le tard, et même ce jour-là – le plus beau de sa vie, consécration de milliers d'heures de travail – le sort s'en était mêlé puisqu'une grève des intermittents du spectacle avait obligé les membres de la troupe à assurer une représentation sans décors ni costumes.

Dans une interview au *JDD* à l'occasion de ses adieux à la scène, Stella affirmait avoir quantité d'envies et de projets pour la suite de sa carrière : cinéma, théâtre, mode… Dix ans plus tard, bien peu s'étaient réalisés. La danseuse avait connu une longue éclipse médiatique et l'on n'avait reparlé d'elle que pour annoncer sa mort.

2.

Taillefer termina sa canette de soda et frotta ses yeux fatigués par la luminosité de l'écran. Il chaussa ses lunettes de vue avant de poursuivre ses recherches.

La mort de Stella Petrenko, à la fin de l'été précédent, n'avait pas fait la une de la presse. Tout juste si la ministre de la Culture s'était fendue d'un tweet passe-partout : « *J'apprends avec un réel chagrin le décès soudain de Stella Petrenko, une des plus grandes danseuses étoiles des deux dernières décennies. Tout entière vouée à son art, cette femme libre a défendu ses choix avec passion dans des interprétations alliant virtuosité et sensibilité.* »

Il faut dire que la ballerine n'avait pas choisi le meilleur moment pour tirer sa révérence. Le 6 septembre 2021 marquait en effet également le décès de Jean-Paul Belmondo. *La guigne jusqu'au bout*, pensa Taillefer en grimaçant. Il se souvenait d'avoir écouté une émission de radio dans laquelle Jean d'Ormesson avait disserté avec humour sur les dangers pour un artiste de mourir en même temps qu'une célébrité plus médiatique que lui. L'écrivain avait cité l'exemple de Jean Cocteau dont la mort avait été supplantée par celle d'Édith Piaf, et celui d'Aldous Huxley décédé le jour de l'assassinat de JFK. Quant à Farrah Fawcett, la « drôle de dame » dont Taillefer était amoureux lorsqu'il avait douze ans, elle avait eu la malchance de mourir le même jour que Michael Jackson.

Bref, la sortie du *Magnifique* avait évincé celle de la danseuse des hommages des JT et des pages culture des quotidiens. Il avait fallu attendre le lendemain en fin d'après-midi pour que l'AFP se décide à annoncer sa disparition dans une dépêche qui avait été peu reprise sur les sites Internet des médias.

Stella Petrenko meurt en tombant du 5e étage

AFP.

L'ancienne danseuse étoile a fait une chute mortelle depuis le balcon de son appartement de la rue de Bellechasse. Elle avait 52 ans.

Aux alentours de 23 h 30 hier soir, l'ancienne danseuse étoile est tombée de son balcon à l'avant-dernier étage d'un immeuble situé au 31, rue de Bellechasse dans le 7e arrondissement.

Prévenus par les voisins, les pompiers sont arrivés sur les lieux quelques instants plus tard. Très grièvement blessée à la tête et au niveau des membres inférieurs et supérieurs, la danseuse étoile était encore en vie à l'arrivée des secours. Mais malgré les tentatives pour la réanimer, son décès a été constaté vingt minutes après les faits.

Les circonstances de l'accident restent mystérieuses. *« Chute accidentelle ou geste suicidaire ? C'est l'enquête qui le dira »*, commente une source judiciaire en soulignant que la thèse criminelle a été écartée. Par ailleurs, le procureur de la République a indiqué qu'une autopsie était en cours pour déterminer les causes exactes de la mort. [...]

Taillefer prit le temps de relire l'article pour que rien ne lui échappe. Le papier soulevait plus de questions que de réponses. Pour en savoir davantage il ne pouvait pas faire l'économie d'entrer en contact avec ses anciens collègues.

Mais à quelle porte aller frapper un 27 décembre au soir ? Il se gratta la barbe en réfléchissant. Qui avait hérité de cette affaire ? Sûrement pas la Crim, d'après les éléments de l'article. L'enquête avait dû être confiée à la DPJ de la rive gauche. Aux dernières nouvelles, elle était dirigée par Serge Cabrera. L'image du capitaine de la 3e DPJ s'imposa dans son esprit : silhouette râblée, cou de taureau, des chemises dont les boutons étaient toujours sur le point de craquer, une coupe mulet bloquée dans les années 1980. Surnommé le Niçois, Cabrera était aussi connu pour sa rudesse, son sexisme et son langage ordurier qui s'accommodaient

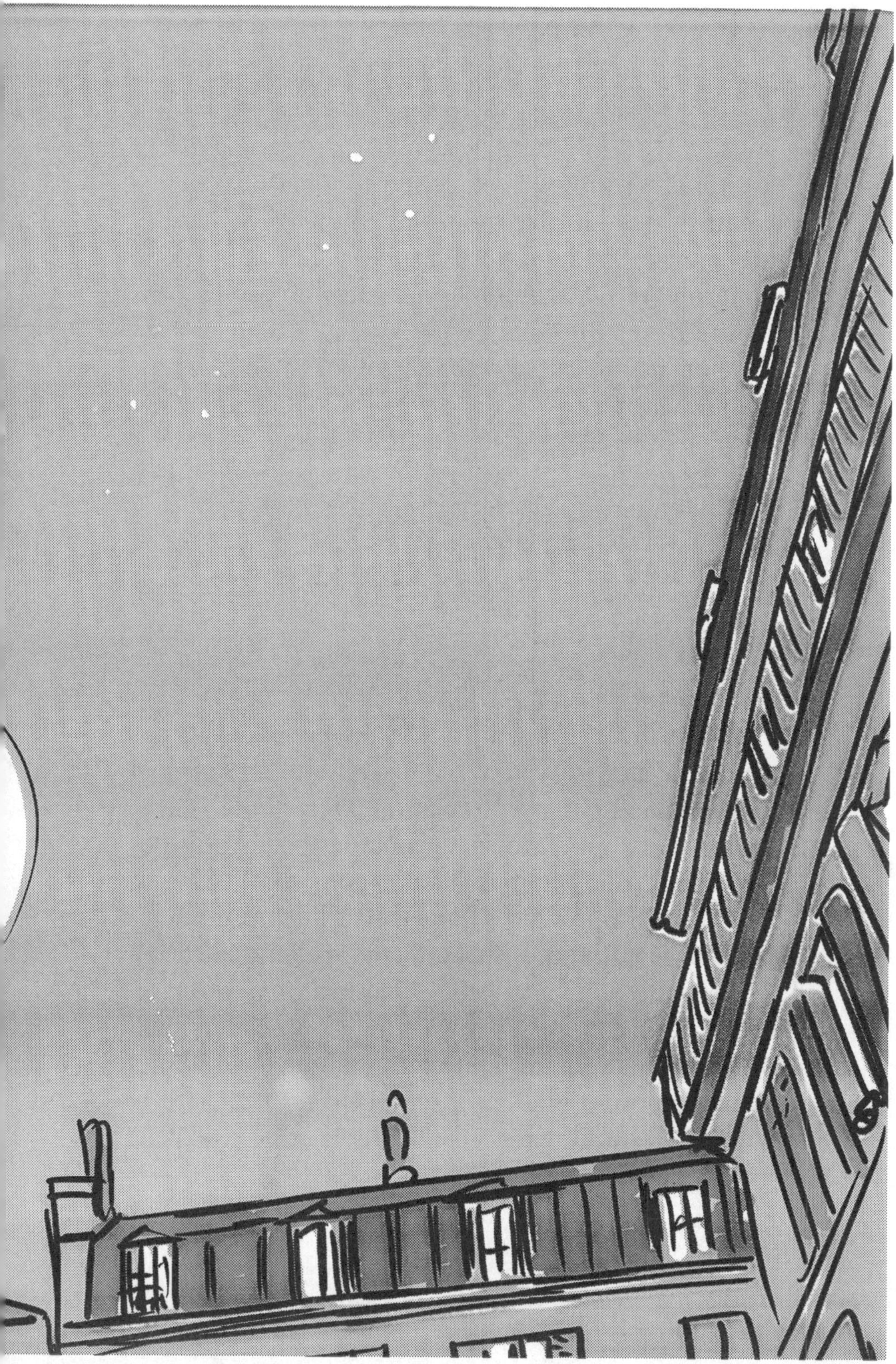

de moins en moins avec l'époque. Peut-être même n'était-il plus en place, dégagé par *#MeToo* ou par une bavure. Taillefer vérifia qu'il avait toujours son numéro et envoya un SMS pour tâter le terrain, sans se faire trop d'illusions. Entre Noël et le Jour de l'an, personne ne lèverait le petit doigt pour l'aider.

Et maintenant ?

Il éteignit la veilleuse de son lit d'hôpital et lança sur son ordinateur le *Boléro* de Ravel version Maurice Béjart, l'une des chorégraphies qui avaient fait la renommée de Stella Petrenko.

3.

14e arrondissement.

Dans la bruine, la voiturette sans permis avait des allures de pot de yaourt. Une Danette au caramel qui se traînait dans la circulation. Derrière le volant, Louise regrettait d'avoir emprunté les boulevards des Maréchaux. Elle écrasa le champignon, mais le moteur, bridé à quarante-cinq kilomètres à l'heure, donnait déjà son maximum. Couché à côté d'elle sur le siège en plastique, son violoncelle envahissait tout l'espace. Avec l'humidité qui s'infiltrait dans l'habitacle, elle éprouva soudain un sentiment de claustrophobie. Louise éternua. Pour ne pas décharger trop vite la batterie, elle avait renoncé à allumer le chauffage, mais elle claquait des dents.

Elle quitta les boulevards au niveau de la porte de Vanves pour traverser les rues hétéroclites du Petit-Montrouge. La nuit tombait, grise et glacée. Des nappes de brouillard flottaient au pied des immeubles, ce qui était rare à Paris.

À un feu rouge, la jeune fille entra dans son portable l'adresse que lui avait donnée Taillefer. Elle ventousa le téléphone sur son pare-brise et se laissa guider par le GPS. Elle dépassa le lion de la place Denfert-Rochereau figé dans le froid au milieu d'une savane fantomatique. À proximité de la Cité universitaire elle vit émerger la forteresse gazonnée du réservoir de Montsouris qui approvisionnait en eau potable une bonne partie de la capitale. Jusqu'ici, elle était en terrain connu, mais la familiarité des lieux s'estompa lorsque le système de navigation la fit s'engager square de Montsouris.

La Danette ralentit son allure sur les pavés tant la voie privée était pentue et glissante. La ruelle détonnait, mais un charme bucolique en émanait. Derrière les ferronneries, on apercevait malgré l'obscurité les façades mangées par le lierre et la glycine. De beaux pavillons Art déco alternaient avec des ateliers d'artistes noyés dans la verdure.

Louise gara la voiturette devant le numéro indiqué par Taillefer. Accroché au portillon, un écriteau mettait en garde : « Défense d'entrer – chien dangereux ». De couleur rouge vif, la pancarte était ornée de la silhouette d'un berger allemand. Louise déverrouilla l'entrée avec appréhension et poussa un des battants en restant vigilante. Pas de chien dans le jardin derrière le portail. Un détecteur de mouvements avait allumé l'éclairage extérieur. La bâtisse ressemblait à une maison de campagne en plein Paris : colombages, encorbellement, façade chaleureuse jaune paille. Louise prit son courage à deux mains et ouvrit la porte principale. Aussitôt, elle fut accueillie par le bip de l'alarme. Elle composa le code pour arrêter le système de protection et vit débouler dans ses pattes… un petit chien craquant au pelage blanc et fauve et aux oreilles tombantes. *Fausse alerte.*

Le flic s'était bien moqué d'elle. En lieu et place d'un berger allemand, elle se retrouvait nez à nez avec un beagle haut d'une quarantaine de centimètres.

— Salut Titus, dit-elle en lui caressant la tête.

Soulagé d'être libéré, l'animal fonça dans le jardin et entreprit d'en faire plusieurs fois le tour. Louise avança dans la maison. L'intérieur tranchait avec ce qu'elle s'était imaginé. Elle pensait débarquer dans une habitation rustique et foutraque. Une maison de flic sentant le tabac, la sueur, la vaisselle sale abandonnée dans l'évier. C'était tout le contraire. D'évidence la maison avait été rénovée récemment. On avait abattu tous les murs qui pouvaient l'être pour aérer l'espace. La décoration était épurée : bois brut, parquet huilé clair, lampes Jieldé de différentes tailles, fauteuil Barcelona aux lignes anguleuses. Tous les éléments se répondaient pour créer un camaïeu crème immaculé. Le beagle l'avait rejointe dans le living et jappait autour d'elle. Elle se laissa guider jusqu'à la cuisine où elle trouva des conserves pour chien empilées sur une étagère. Elle remplit une assiette de boulettes de viande, changea l'eau de l'écuelle avant de retourner dans le salon.

Depuis qu'elle avait quitté l'hôpital, Louise sentait la fatigue la gagner. Elle ne parvenait pas à se réchauffer, comme si elle couvait une maladie. Dans la cheminée, on avait disposé une boule de papier journal, du petit bois et trois belles bûches en forme de tipi. La tentation était trop forte. Elle craqua une longue allumette et enflamma le papier. Pendant que le feu commençait à prendre et contrairement à la promesse faite à Taillefer, elle fureta dans la pièce. La grande bibliothèque d'abord. Le flic était féru de littérature étrangère, d'art et de philosophie. Au mur, de grandes toiles de calligraphie chinoise, une litho de Fabienne Verdier, sur la table basse un bronze de Bernar Venet représentant deux spirales métalliques déstructurées et enchevêtrées. Une autre sculpture, posée sur un bloc de bois pétrifié, mettait en scène un personnage constitué d'un maillage de lettres blanches : un Monsieur Alphabet en costume de dentelle qui semblait monter la garde.

Tout était propre, disposé avec goût, rien ne traînait. Celui ou celle qui avait fait le ménage devait être un maniaque du rangement. C'est aussi pour ça que Louise s'était tout de suite sentie ici dans son élément. Le désordre l'avait toujours angoissée. Elle avait l'obsession de l'exactitude et de la symétrie. Elle aimait que les choses soient à leur place. Elle nota qu'il n'y avait ni photos ni traces de la présence d'une femme ou d'enfants dans la vie du flic. Elle n'osa pas monter à l'étage. Taillefer était capable d'avoir installé des caméras de surveillance.

La jeune fille resta debout près du feu jusqu'à ce que sa peau devienne brûlante. Elle aimait cette sensation d'être elle-même sur le point de se consumer.

Puis elle se frotta les paupières et s'allongea un moment sur la banquette « lit de jour » qu'elle avait déjà vue dans le cabinet d'un psy. Titus la rejoignit et se pelotonna contre ses jambes. Elle prit son portable et tapa le nom du flic sur un moteur de recherche. Taillefer était apparu dans la presse à deux reprises : au début des années 2000 à propos d'une rixe gare du Nord qui avait mal tourné, et à l'été 2016 dans un journal local du Sud-Est qui avait fait un dossier pour promouvoir le don d'organes. À part ces deux occurrences, il n'y avait aucune information sur le policier. Louise ferma les yeux en se demandant qui était vraiment Mathias Taillefer. Pourquoi avait-elle choisi de lui faire confiance malgré son côté ombrageux et asocial ? Était-ce vraiment une bonne idée de lui parler de sa mère ? Mais à qui d'autre demander ? Elle voyait peu son père depuis qu'elle avait une chambre d'étudiante à Maubert. Et de toute façon Laurent Collange avait tourné sans regrets la page Stella Petrenko depuis de nombreuses années.

4.

Une spirale. Un vortex. Un tourbillon de notes répétitives qui s'instillaient en vrille dans son esprit. De nouveau, c'est la musique qui arracha Taillefer à son sommeil, mais cette fois les notes de la sonnerie de son téléphone remplaçaient les coups d'archet de Louise Collange.

Numéro inconnu. Il avala sa salive et se redressa dans le noir. Minuit passé. Il s'était endormi devant son écran en regardant les images du *Boléro* de Ravel dansé par Stella. Il avait mal aux cervicales, la tête lourde, la gorge sèche. Et envie de pisser.

– Oui ? fit-il en décrochant.

– Commandant Taillefer ? demanda une voix féminine.

– C'est moi. Enfin, ça l'était.

– Bonsoir, je suis le lieutenant Fatoumata Diop de la 3e DPJ. C'est le commissaire Cabrera qui m'a demandé de vous contacter.

Agréablement surpris par ce coup de fil, Taillefer alluma sa lampe de chevet. Contre toute attente, le Niçois avait donc daigné lui envoyer une émissaire, et rapidement avec ça.

– Merci de m'appeler. Comme je l'ai dit à Cabrera, je voudrais des précisions sur la mort de Stella Petrenko.

– Quel genre de précisions ?

– C'est votre groupe qui s'est rendu sur place ?

– On est arrivés quelques minutes après les pompiers, oui. Si vous voulez un renseignement, grouillez-vous. J'ai le *digest* du dossier sous les yeux.

– Vous pouvez peut-être me l'envoyer pour gagner du temps ?

Diop soupira.

– Dans vos rêves. Écoutez, je n'aime pas tellement ce petit jeu, alors si…

– À votre avis, de quoi est morte Stella Petrenko ? demanda Taillefer pour recentrer le débat.

– Sans doute un accident. Ou un suicide, mais c'est moins probable.

– Le scénario de l'accident, ça serait quoi ?

– La meuf est vraisemblablement montée sur un escabeau pour arroser ses jardinières accrochées en hauteur sur le balcon. On a trouvé un arrosoir sur le trottoir près de son corps.

– J'ai lu que la chute avait eu lieu un peu avant minuit, c'est bien ça ?

— Oui. Et alors ?
— Vous arrosez vos plantes à minuit, vous ?
— Une fois n'est pas coutume, il faisait beau et chaud début septembre à Paris. C'était encore l'été. Le soleil se couche tard, les gens restent dehors plus longtemps.
— Ouais…
— J'ai vu la rambarde en métal, ajouta Diop. Elle était bouffée par la rouille et pas très haute. Le balcon-terrasse n'était pas aux normes. Un gamin aurait facilement pu basculer. La danseuse est montée sur un escabeau pour arroser ses bacs de fleurs. Elle avait picolé, elle a fait une chute et c'est tout. Fin du *game*.
Mathias se massa la nuque.
— Et l'autopsie, ça a donné quoi ?
— Pas grand-chose. Un gramme d'alcool dans le sang quand même. Elle avait débouché une bouteille de bourgogne dans la soirée qu'elle avait vidée aux trois quarts. Elle avait dû aussi tirer sur un petit bédo.
— Pas de marques d'agression ?
— Non.
— Rien sous ses ongles ? Des traces de peau ? Des fibres textiles ?
— Non plus.
— Ça suffisait pour écarter la thèse criminelle ?
— Qui dit crime dit mobile, s'agaça Diop. On n'en a pas trouvé le début du commencement.
— Pas de vol dans l'appart ?

— Il y avait des bijoux de valeur et pas mal de cash dans son portefeuille posé en évidence. Personne n'y a touché.

— Et la thèse du suicide ?

— Je n'y crois pas trop, mais on y a pensé. La meuf n'allait pas fort depuis qu'elle n'était plus sous les feux de la rampe. Souvent, le soir, elle s'habillait comme pour un gala avec tutu, justaucorps, chaussons et tout le tremblement.

— C'était le cas le soir de sa mort ?

— Oui, c'est comme ça qu'on l'a trouvée. On aurait dit un cygne mort échoué sur le trottoir.

L'image le fit frissonner et il s'étonna que cette info n'ait pas filtré dans la presse.

— Le cannabis, elle en avait beaucoup sur elle ?

— Elle le cultivait directement !

— Elle dealait ?

— Non, juste quelques plants pour avoir sa petite réserve personnelle. Bon, écoutez Taillefer, j'aimerais bien rentrer chez moi, alors…

— Attendez, vous avez dit que les pompiers sont arrivés les premiers sur les lieux et j'ai lu que Petrenko n'est pas morte sur le coup.

— Ouais, et alors ?

— Elle n'a pas eu le temps de leur dire quelque chose ?

— Et d'écrire « OMAR M'A TUER » avec son sang sur le trottoir ? Non, elle n'a pas eu le temps, parce qu'elle était déjà bonne à ramasser à la petite cuiller. Vous voyez le tableau ?

– Une dernière chose : vous êtes certaine que personne n'a pu pénétrer dans l'appartement ?

– Et comment ? La porte d'entrée était verrouillée de l'intérieur.

Taillefer ouvrit la bouche pour pousser encore ses vérifications, mais il était à bout d'arguments.

Avant de raccrocher, Fatoumata Diop lui planta une dernière banderille :

– J'aurais bien aimé enquêter sur un meurtre, moi aussi, mais faites-nous confiance : on a cherché, on a tout vérifié, mais on n'a rien trouvé. Stella Petrenko n'a pas été assassinée.

3

L'impossible enquête

Et qui dira combien de passions et combien de pensées ennemies peuvent cohabiter en l'homme?
André GIDE

1.
28 décembre.

— Réveille-toi ! Hé réveille-toi !

Lorsque Louise ouvrit les yeux, il faisait grand jour. Un beagle lui léchait le visage tandis que la main gigantesque de Taillefer lui secouait l'épaule avec brutalité. Elle avait l'impression de sortir d'un long tunnel, comme si elle était restée inconsciente plusieurs jours. Pourquoi avait-elle dormi si longtemps et si profondément ? La fatigue accumulée des études, la morosité de l'hiver, le contrecoup du décès de sa mère ?

— Arrêtez, ça fait mal ! Vous allez me déboîter l'épaule !

Sourcils froncés, regard menaçant, l'ancien flic n'était qu'un bloc de colère.

— Qu'est-ce que tu fiches ici ?

— Vous le voyez bien, je dormais !

Louise se dégagea de l'emprise de Taillefer. Le soleil était revenu. La perspective de passer la journée sous une belle lumière lui donna de l'entrain. Elle se leva et fit quelques pas sur le parquet. De jour, la maison était encore plus accueillante avec son salon qui se prolongeait par une terrasse de plain-pied entourée d'un jardinet.

— Comment êtes-vous rentré de l'hôpital ?

— En taxi.

— Vous auriez dû me prévenir, je serais venue vous chercher.

— Avec ta boîte de sardines ? Très peu pour moi.

Il désigna d'un mouvement du menton le violoncelle qu'il avait posé sur un fauteuil.

— Je te signale que tu avais laissé les clés sur le contact avec ton instrument à l'intérieur. Très intelligent, vraiment. Tu vis dans le monde de Casimir ?

— Bah. Ça a l'air tranquille votre quartier. C'est qui, Casimir ?

— Ne te fie pas aux apparences. Jamais. Et réponds à ma question : pourquoi tu as dormi ici ?

— Parce que j'avais sommeil.

Elle haussa les épaules et lui la voix.

— Pourquoi tu as dormi *ici* ? CHEZ MOI !

— Pas besoin de hurler. J'ai nourri votre chien, comme vous me l'aviez demandé, et je me suis assoupie. On ne va pas en faire une maladie.

— Tu vis chez ton père ? Préviens-le, il va s'inquiéter.

Louise secoua la tête en écrasant un bâillement.

— J'ai une chambre d'étudiante rue des Carmes. Mon père est à Val-d'Isère avec sa femme et ses deux gamins. Je lui enverrai un message plus tard.

Elle s'étira.

— Je n'avais pas vu qu'il était déjà midi ! Vous n'auriez pas quelque chose à grignoter ?

Le flic soupira, mais essaya de maîtriser sa colère. Après tout, lui aussi avait faim et il avait deux ou trois questions à poser à Louise.

La jeune fille le suivit dans la cuisine. Organisée autour d'un large îlot central en Corian, la pièce arborait les mêmes tons blanc crème que le salon, rehaussés par des tabourets de bar en chêne patiné.

— De quoi tu as envie ? demanda-t-il.

— Des pâtes, c'est possible ? demanda-t-elle en s'installant sur un tabouret haut.

— Carbo, ça te va ?

— OK !

2.

— Alors, vous avez enquêté sur la mort de ma mère ?

Taillefer mit de l'eau à chauffer dans une large casserole et rassembla des ingrédients à côté de la plaque à induction.

— Enquêté, c'est un grand mot. J'ai fait ce que je t'avais promis : j'ai lu tout ce que je trouvais, j'ai examiné sérieusement les faits et j'ai parlé avec la flic qui a dirigé l'équipe présente sur les lieux.

— Et ça a donné quoi ?

Taillefer attrapa un bol, y cassa trois œufs, ne conservant que les jaunes qu'il mélangea avec du parmesan.

— Pourquoi penses-tu que ta mère a été assassinée ?

Un peu désemparée, Louise fut bien obligée de reconnaître qu'elle n'avait pas d'arguments à présenter.

— Une intuition.

Taillefer leva les yeux au ciel.

— Ça ne vaut rien, une intuition !

— Si c'est pour me dire ça, merci de votre aide.

— Je vais te dire autre chose de façon un peu abrupte : ta mère avait plus d'un gramme d'alcool dans le sang et elle cultivait sa *weed* sur son balcon.

— Et alors ?

— Alors, ce n'était pas un modèle de stabilité.

— Et après ?

— Réfléchis cinq minutes : à qui profite sa mort ?

Louise haussa les épaules en écartant les mains.

— Tu as jeté un coup d'œil à ses comptes en banque ? demanda-t-il.

— Ils étaient presque vides. Au top de sa carrière, une danseuse étoile émarge à sept mille euros, mais ma mère était davantage cigale que fourmi. Elle n'avait même pas terminé de rembourser son appartement.

— Qui en hérite ? Toi ?

— Oui, par une procédure d'émancipation. À condition que mon père m'aide à rembourser le reliquat de l'emprunt.

— Ton père, justement. Quels étaient ses rapports avec elle ?

— Inexistants. Mes parents se sont séparés cinq ans après ma naissance. Vivre avec Stella Petrenko n'est pas une sinécure.

— Pourquoi ? demanda-t-il en continuant à battre énergiquement sa mixture.

— Mon père dit souvent qu'une danseuse étoile, c'est quelqu'un qui ne t'écoute que si tu lui parles d'elle. C'est sans doute une exagération, mais dans le cas de ma mère on ne peut pas dire qu'il avait tort.

Le flic jeta une poignée de gros sel dans l'eau qui s'était mise à bouillir et y plongea des pâtes en forme de ruban.

— J'aimais ma mère, reprit Louise, désireuse de préciser ses propos, mais elle était égoïste, malheureuse et menait la vie dure à tout son entourage. Elle avait un tempérament de guerrière, mais je crois qu'elle avait pris trop de coups pour être capable de vivre dans l'apaisement.

— Au moment de sa mort, elle avait un mec dans sa vie ?

— Pas un, des dizaines : elle tombait amoureuse une fois par semaine.

— Tu ne charges pas un peu la barque, là ?

– Non, c'était une autre cause de son instabilité : son amour de l'amour.

Et pour dire la vérité, son besoin inextinguible de sexe.

Taillefer versa une goutte d'huile d'olive dans une poêle pour y faire dorer du *guanciale* coupé en lardons.

– Tu as envisagé l'idée qu'elle ait pu se suicider ? reprit-il.

Louise haussa les épaules :

– Ma mère était beaucoup trop narcissique pour se suicider.

– Tout de même, la flic m'a dit qu'elle était habillée en tenue de scène : justaucorps, chaussons, jupette. Ça ne fait pas un peu cérémonie d'adieu ?

– Non, c'est une habitude qu'elle avait gardée. Elle continuait à s'entraîner et à porter ses vieux tutus, même pendant la journée.

– Bon, c'est quoi ta théorie, alors ?

– Quelle théorie ?

– Comment penses-tu que ta mère a pu être assassinée alors que la porte de son appartement était fermée de l'intérieur ?

– Les toits, répondit Louise comme une évidence. Quelqu'un s'est faufilé par les toits et l'a surprise en sautant sur son balcon. L'été, elle installait sa bergère sur sa petite terrasse et y passait la journée à bouquiner ou devant l'écran de son téléphone.

– En admettant que ce soit possible, ça ne dit toujours rien du mobile.

— Je croyais que vous aviez compris.

— Quoi ?

— Que c'est justement ce que j'aimerais que vous m'aidiez à découvrir !

3.

Louise dévora son assiette de pâtes en moins de trois minutes. Pour profiter du beau temps, Taillefer avait dressé le couvert sur la table de jardin et allumé un gros brasero semblable à ceux qu'on trouvait à la terrasse des cafés.

— Je ne peux pas dire que tu ne fais pas honneur à ma cuisine.

Il termina de manger en silence tandis que la jeune fille poursuivait ses tentatives de le convaincre de continuer à enquêter :

— Venez *au moins* voir l'appartement de ma mère pour vous rendre compte par vous-même. Je vous y conduis après le déjeuner.

— Trois mois après sa mort, ça ne servira pas à grand-chose. Et j'ai un rendez-vous important cet après-midi.

— Demain alors !

— Ni demain, ni jamais.

— Après-demain ?

— Tu es dure de la feuille, toi…

Il débarrassa la table et revint avec deux expressos.

— Je vais te donner un conseil, dit-il en s'asseyant. Tourne la page. Ta mère est morte, c'est triste, mais accepte-le. Et crois-moi, ce n'est pas une pseudo-enquête qui va te la ramener.

Louise bondit sur ses pieds et entreprit de déambuler de long en large sur la terrasse.

— Je ne vais pas m'arrêter là, assura-t-elle avec grandiloquence. J'irai jusqu'au bout, avec ou sans vous. Il y a des enquêteurs privés qui…

— C'est ça : va cramer ton maigre héritage en embauchant un détective. Très brillante idée. T'es pas si futée que ça, finalement.

— Mais aidez-moi alors ! Aidez-moi, bon sang !

Taillefer se contenta d'un très long soupir. Comme il était face au soleil, il mit ses lunettes fumées, croisa les pieds sur la table et s'alluma une cigarette.

— Vous êtes vraiment inconscient de cloper alors que vous êtes cardiaque. Le tabac augmente la pression artérielle et bouche les artères. Vous vous tuez à petit feu, c'est écœurant !

Pas de réponse. Le flic grappillait un peu de soleil en encrassant ses poumons avec volupté. Il avait envie de dire merde à tout. Depuis plusieurs jours, il était fébrile. Le moral en berne. Au fond du trou. Il en connaissait la raison : on était le 28 décembre. Une date importante dans sa vie. Une date qui le renvoyait à une époque synonyme de bonheur, d'échange et d'espoir, mais qu'il voyait aujourd'hui se profiler avec une angoisse qui – c'était bien le cas de le dire – lui serrait le cœur. La journée allait être longue. Il irait à son rendez-vous de seize heures. Il ferait un peu traîner les choses pour ne pas rentrer trop tôt. Une fois de retour ici, il viderait une bouteille en avalant un benzo pour succomber le plus vite possible. Ce serait pareil demain. Et le jour suivant. Fuir. Dans le sommeil, le rêve, la défonce. Tant pis si son cœur lâchait. Et peut-être même tant mieux…

— On y va, Mathias ? Je vous conduis sur les lieux ?

Plantée devant lui, la petite emmerdeuse revenait à la charge. Il n'y avait qu'une seule raison pour laquelle il ne l'avait pas encore mise dehors. D'une certaine manière, elle le distrayait. En stimulant son esprit, elle l'empêchait de sombrer.

— Tu as laissé tomber ton idée de détective ?

— Je veux que ce soit vous. Je vous l'ai répété cent fois.

— Écoute, tu ne me connais pas. Je te l'ai dit, je ne suis pas un gentil. Tu as dix-sept ans. Tu as toujours vécu dans un cocon et tu ne connais rien des dangers de la vie. Tu ne dois pas faire confiance aux gens juste parce que tu les trouves sympathiques.

— Je vous rassure, je ne vous trouve pas du tout sympathique.

— Comme tu as l'air plus maligne que la moyenne, je vais te l'énoncer une dernière fois de façon très claire : tu es en danger si tu restes avec moi.

Elle le regarda avec une moue dubitative. Elle avait immédiatement pensé le contraire. Cet homme n'inspirait ni la méfiance, ni la crainte de coups tordus. Il avait l'air à l'inverse d'un bouclier capable d'arrêter les flèches et les frappes si d'aventure on cherchait à la blesser.

– Ne te fie pas à tes intuitions, rappela-t-il comme s'il lisait dans ses pensées.

– Allons-y pour les grandes phrases définitives…, se moqua-t-elle en éteignant le brasero.

– Rallume ce chauffage !

– Pas question, c'est un non-sens écologique, votre truc.

– Au moins on ne se caille pas les meules.

– On ne se « caille pas les meules », mais on détruit la planète.

– On détruit l'humanité tout au plus.

– Et ça ne vous fait rien ?

– Ça me fait plutôt plaisir si tu veux tout savoir. La planète se portera très bien sans nous.

– Vous êtes pathétique. Bon, vous m'aidez ou pas ? On tourne en rond, là.

Ultime hésitation. Et si justement le destin avait mis cette fille sur sa route comme un signe ? Ou plutôt comme un instrument ?

– Je veux bien aller voir l'appart de ta mère, mais en échange tu vas faire quelque chose pour moi.

– Encore ? C'est quoi cette fois ?

– Et tu vas le faire sans poser de questions.

– *We have a deal.*

4.

7e arrondissement. Saint-Thomas-d'Aquin. Louise gara sa voiturette entre un magasin de meubles italien et le nouveau siège d'Yves-Saint-Laurent au cœur de l'abbaye cistercienne de Penthémont. L'appartement de Stella Petrenko était situé dans un bel hôtel particulier haussmannien à l'angle de la rue de Bellechasse et de la rue Las-Cases. Taillefer leva les yeux pour détailler la bâtisse. Un immeuble massif en pierre de taille blanche qui tirait vers le jaune : la fameuse pierre calcaire de Saint-Maximin qui depuis le XVIIIe siècle habillait certains des plus beaux édifices de la capitale. Traînant la patte, car la fatigue de son malaise cardiaque était encore bien présente, le flic suivit Louise dans le hall habillé de dorures, de grandes dalles en quartz et d'un lustre-lanterne gigantesque. Ils passèrent devant la loge de la gardienne qui, malgré ce qu'affichaient les horaires, n'était pas ouverte. Puis direction l'ascenseur jusqu'au cinquième.

— J'ai tout laissé en l'état, prévint Louise en poussant la porte.

Le refuge de Stella Petrenko était un petit appartement d'angle, au plan carré, décoré dans des tons pastel. Un large miroir derrière une barre d'entraînement donnait un beau volume à la pièce principale. Quant à la vue sur les toits de Paris elle parachevait le tableau du cocon romantique.

Le lieu était tel que Taillefer se l'était imaginé. Il devinait que la danseuse avait souhaité recréer une ambiance de loge d'opéra. Rien ne manquait: la collection de chaussons de pointes noués à des crochets, les mannequins habillés de justaucorps et de tutus, la bergère en velours sortie tout droit d'un tableau de François Boucher. Derrière une coiffeuse en bois marqueté, un mur entier était recouvert de cartes postales et de mots d'admirateurs ainsi que de photos de maîtres de ballet, de pianistes et de célébrités. Le flic reconnut Pina Bausch, Béjart, un Noureïev vieillissant et l'ancien président Sarkozy remettant une décoration.

Louise ouvrit les deux grandes fenêtres, invitant Taillefer à la rejoindre sur ce qu'elle pensait être la scène de crime. Le balcon était atypique et ressemblait davantage à une petite terrasse, à cheval entre l'intérieur et l'extérieur. Une configuration qui n'existait pas à l'origine et qu'on avait bricolée en ajoutant un auvent en verre dépoli soutenu par des ferronneries autour desquelles s'enroulaient des vrilles de vigne vierge. Il y avait des pots de fleurs le long du parapet, mais avec le froid tout avait séché. De hauts volets en bois à la peinture écaillée soutenaient une kyrielle de jardinières en terre cuite. Posé dans un coin, un vieil escabeau de jardin en teck grisâtre donnait l'impression d'avoir été pétrifié sur place.

Taillefer se pencha sur la rambarde, basse et rouillée telle que la lui avait décrite Fatoumata Diop. Il leva les yeux pour examiner les toits. L'accès à la terrasse était théoriquement possible à condition d'être souple et léger, mais il ne croyait pas à cette hypothèse. Quel voleur aurait pris tant de risques pour repartir les mains vides ? Et puis un affrontement avec la danseuse aurait laissé des traces de lutte. Tout cela n'avait pas de sens. Le scénario le plus probable était celui retenu par les flics de la 3e DPJ : bien imbibée d'alcool, Petrenko était montée sur l'escabeau pour arroser ses plantes et avait fait un dernier saut de l'ange mal maîtrisé. Il livra ses pensées à Louise, qui lui lança un regard réprobateur.

Un éclat lumineux frappa Taillefer en plein visage. De l'autre côté de la rue, quelqu'un venait d'ouvrir ou de fermer une fenêtre. La vitre avait renvoyé le soleil par un effet miroir. Le flic porta sa main en visière. Les immeubles en face – une série de trois bâtiments blancs de six étages – étaient un vivier de témoins potentiels, mais à sa connaissance aucun ne s'était signalé pour apporter une information intéressante.

Il retourna à l'intérieur en laissant la porte-fenêtre entrebâillée et passa une tête dans la salle de bains, toujours à la recherche d'un improbable indice. Dans la boîte à pharmacie, il trouva des préservatifs ainsi que ses deux copains benzodiazépine et sertraline. Forcément, les coulisses étaient toujours moins glam que le spectacle. Il fut saisi d'un haut-le-cœur.

Qu'est-ce qu'il foutait ici à renifler les poubelles comme un fouille-merde ?

Retour au salon où l'attendait Louise. Par acquit de conscience, il parcourut du regard les affaires posées sur le bureau : un calepin, un téléphone, un recueil de poésie d'Anna Akhmatova, un Zippo incrusté de nacre, un roman qu'il ouvrit à une page où figurait une phrase soulignée : « L'âge d'aimer n'existe pas. Ce qui existe et passe, c'est l'âge d'être aimé. » Il feuilleta machinalement le petit agenda en cuir grainé pendant qu'il allait et venait dans l'appartement sans trop savoir que penser. Il scannait l'espace, enregistrait des détails comme il l'avait fait des centaines de fois lorsqu'il était en fonction, espérant une étincelle, une connexion avec une information glanée auparavant. Il tendit l'oreille, à l'affût de la rumeur qui montait de la rue, du feulement sourd de l'ascenseur, d'un hypothétique bruit de pas dans le couloir.

Quand il leva la tête, un petit tableau accroché au mur attira son attention : le portrait d'un jeune homme aux yeux argentés sans pupilles qui se découpait sur un fond bleu turquoise. Les traits fins et gracieux du modèle couplés à ses yeux vides de zombie avaient quelque chose d'aussi fascinant qu'effrayant.

— Tu sais de qui est ce tableau ?

— Non, répondit Louise. Il n'est pas là depuis longtemps.

— Et ça, c'est le portable de ta mère ?

Elle acquiesça de la tête.

— Tu connais son code ?

— Non justement, mais j'avais pensé que vous pourriez peut-être…

— Oublie. Je n'ai aucune connaissance en téléphonie. De ce côté-là, tu en sais assurément plus que moi.

Le bruit de la sonnette interrompit leur conversation. C'était la gardienne qui les avait vus passer et profitait de la présence de Louise pour lui remettre une pile de courrier. Taillefer resta à l'écart de la discussion. La peinture du jeune zombie exerçait sur lui un vrai pouvoir d'attraction. Les œuvres d'art que possédaient les gens en disaient énormément sur eux. Vivre des années avec un tableau ou une peinture n'est pas innocent. Le choix d'un tableau était d'abord un révélateur de votre personnalité. Puis une fois accroché, il vous contaminait lentement jour après jour, diffusant ses ondes à travers vous pour le pire ou le meilleur.

La peinture n'étant pas signée au recto, il décrocha le tableau du mur pour lire l'étiquette collée à l'arrière du cadre.

Marco SABATINI
Soldat #96
Galerie Bernard Benedick
125, rue du Faubourg-Saint-Honoré

Il nota la référence et, levant les yeux, interpella la gardienne avant qu'elle ne s'éclipse.

5.

— Bonjour madame, commandant Taillefer, brigade criminelle. Vous avez cinq minutes à m'accorder ?

Elle le regarda d'un air méfiant, lançant le traditionnel : « J'ai déjà tout dit à vos collègues il y a trois mois. » L'ancien flic sentait qu'elle était à deux doigts de lui demander sa carte. Il essaya de se composer une bonne tête et prit sa voix la plus avenante :

— Le juge a ordonné un complément d'enquête avant de clore le dossier. Ça ne sera pas long.

Il lui sourit et l'invita d'un geste à prendre place de l'autre côté du bureau. Il la joua à l'ancienne, déboucha l'un des stylos de la table de travail et prit des notes sur un vieux bloc de papier à lettres que la danseuse avait rapporté de l'hôtel Normandy.

— Vous vous appelez ?

— Myriam Morlino. Je suis la gardienne de trois immeubles de la rue. Les numéros 27, 29 et 31.

— Votre loge est dans ce bâtiment ?

— Non, dans celui d'à côté. Il y avait deux gardiennes auparavant, mais la copropriété a voulu faire des économies, vous savez comment c'est.

— Stella Petrenko, vous la connaissiez bien ?

— Assez bien. Je ne travaille ici que depuis janvier dernier, mais madame Petrenko me parlait pas mal. Vous pourriez aussi demander à madame Mertens, l'ancienne gardienne.

— Je le ferai. Le soir de l'accident, vous n'avez rien entendu ?

— Non, je me couche tôt, mais j'ai déjà dit tout ça.

Myriam Morlino portait une tunique grande taille qu'elle secouait avec sa main comme pour se donner de l'air malgré le froid qui régnait dans la pièce.

— Qui a prévenu les pompiers ?

— Le propriétaire du 9 Thermidor, le café à l'angle de la rue. Il était sur le point de fermer boutique lorsque la chute a eu lieu.

— Qui sont les dernières personnes à l'avoir vue vivante ?

— Je ne sais pas trop, s'agaça-t-elle. Je n'avais pas l'impression qu'elle sortait beaucoup ces derniers temps. Le jour où c'est arrivé, j'étais venue lui porter le courrier vers onze heures comme tous les matins et une infirmière était passée en fin d'après-midi.

— Une infirmière ?

— Pour lui changer son pansement après son opération.

Taillefer se tourna vers Louise en fronçant les sourcils.

— Quelle opération ?

La jeune fille chassa la question d'un revers de la main.

4
Cabinet
Infirmière
35, rue de
7

– Une intervention bénigne, je vous expliquerai.

Le flic se souvenait d'une référence à un cabinet infirmier griffonnée dans l'agenda de la danseuse. Il rouvrit le calepin et trouva l'adresse qu'il cherchait :

Cabinet infirmier Nora Messaoud
35 rue de Bourgogne
75007 Paris

Taillefer déchira la page avant de la fourrer dans sa poche et de continuer son interrogatoire :

– À votre connaissance, Stella Petrenko prenait autre chose que des joints ou des cachetons ? Il y avait des dealers qui venaient dans le coin ?

– Mais ça ne va pas ! l'interrompit Louise.

– J'en sais rien, répondit la gardienne. Il y avait bien des hommes qui venaient, mais à mon avis ce n'étaient pas des revendeurs de drogue.

– C'était qui alors ?

Morlino était un peu gênée :

– Des visites, des relations…

– Des amants ? la brusqua le flic.

– Oui, sans doute. Vieillir n'avait pas l'air facile pour madame Petrenko. Plaire aux hommes la rassurait, même si ces derniers temps la quantité prenait le pas sur la qualité, sauf votre respect, ma petite demoiselle.

– Qui habite dans l'immeuble, madame Morlino ?

Visage contrarié, la gardienne poussa un long soupir d'exaspération, comme si ce que lui demandait Taillefer représentait un effort surhumain.

– Au rez-de-chaussée il y a un cabinet d'avocats qui appartient à un couple, les Lambert, qui possède aussi un duplex au premier et deuxième étage. Au troisième, il y a le cabinet médical du docteur Rolland qui y a aussi son logement. Au quatrième, ce sont des Américains, mais ils ne viennent qu'au printemps.

– Et ici, au cinquième ?

– Madame Petrenko donc, et un autre petit appartement qui servait au peintre du dessus à entreposer son matériel.

– Au-dessus, il y a des chambres de bonne ?

– Oui, mais elles ont été réunies et transformées en un grand atelier.

– Qui appartient à qui ?

– Marco Sabatini, un jeune artiste italien. C'est lui qui a peint ce tableau, dit-elle en désignant la peinture que Taillefer avait décrochée du mur.

Quelque chose s'alluma dans l'œil du flic.

– Il est dans son atelier en ce moment ? J'aimerais bien l'interroger.

– C'est-à-dire que vous allez avoir du mal.

– Pourquoi ?

– Parce qu'il est mort.

– Quand ?

— L'été dernier, du Covid. Enfin, c'est ce qu'on a dit, mais…

Elle laissa planer un long silence.

— Mais quoi ? la pressa Taillefer.

— M'est avis que c'est plutôt le vaccin qui l'a tué.

— Le vaccin contre le Covid ?

— Vous savez ce qu'il contient le vaccin, vous ? De petits œufs microscopiques en oxyde de graphène. Et vous savez pourquoi ? Pour contrôler à distance les personnes grâce aux puces 5G.

Un moment, Taillefer pensa qu'elle plaisantait, or non seulement Myriam Morlino était sérieuse, mais elle en rajouta une couche :

— Le graphène sert à nous magnétiser pour contrôler notre volonté. Le sang se fige et n'irrigue plus ni le cœur ni le cerveau. Ma belle-sœur connaît quelqu'un qui est mort à cause de ça. Ils ont déréglé son champ électromagnétique.

— Vous racontez n'importe quoi, protesta Louise. Je suis étudiante en médecine et je peux vous dire que vos propos sont dangereux.

— Non, pas du tout. On nous traite de complotistes, mais c'est nous, les éveillés. Une fois que la majorité des gens seront vaccinés, ils déclencheront des ondes grâce aux téléphones, et les œufs vont commencer à se développer pour donner naissance à LA CHOSE. Une sorte d'alien qui prendra le contrôle de leur corps.

Louise renonça à argumenter et regarda Myriam Morlino avec consternation. Taillefer ne l'écoutait plus. Avec l'âge, il était devenu allergique et intolérant à la bêtise. Il consulta sa montre. Hors de question qu'il soit en retard à son rendez-vous.

– La plaisanterie a assez duré, dit-il à Louise. On s'en va.

Avant de partir, il glissa le tableau de Marco Sabatini dans un *tote bag* Repetto qu'il avait repéré sous le bureau.

– Pourquoi vous emportez cette peinture ? demanda Louise.

– Parce que c'est une pièce à conviction. Et parce qu'elle me plaît.

4

Un temps déraisonnable

C'était un temps déraisonnable
On avait mis les morts à table
Louis ARAGON

1.

Place de la Concorde.

La voiturette slalomait dans la circulation. Assis sur le siège passager, Taillefer s'était recroquevillé dans l'habitacle avec l'impression d'être corseté dans un baquet de plastique dur. Louise dépassa la fontaine des Mers, l'obélisque et alluma ses *warnings* avant de s'immobiliser sur le parvis de la grande roue parisienne. À peine le véhicule s'était-il arrêté que Taillefer ouvrait la porte et s'extrayait le plus vite possible de sa prison, secouant ses jambes pour les dégourdir. Louise le rejoignit devant l'entrée du grand manège qui avait retrouvé ses quartiers parisiens depuis la fin novembre.

— J'ai toujours détesté ce truc, dit-elle en désignant la grande roue.

— Ce n'est pas moi qui ai choisi ce lieu de rendez-vous.

— Vous avez rendez-vous avec qui ? Un enfant de huit ans ?

Il secoua mollement la tête.

— Je suis en avance. Je t'offre une gaufre ?

— On fait que bouffer avec vous, Taillefer. À la fin de cette enquête, vous m'aurez fait prendre dix kilos.

Le flic se dirigea vers la baraque à gaufres qui sentait bon le vin chaud, n'hésitant pas à bousculer un ado indécis pour prendre sa place et commander un cornet de *churros*. Louise se laissa finalement tenter par une crêpe. Pendant qu'on préparait leur commande, il se mit à l'écart et sortit la page qu'il avait arrachée dans l'agenda de Stella Petrenko. Il la défroissa pour y déchiffrer le numéro de téléphone griffonné par la danseuse. Il voulait vérifier cette histoire d'infirmière. Il appela le cabinet de Nora Messaoud, tomba sur un répondeur et demanda qu'on le contacte d'urgence.

— Répartissons-nous les tâches, proposa-t-il alors que la jeune fille revenait avec sa crêpe. Après mon rendez-vous je vais me débrouiller pour interroger l'infirmière avant la fin de la journée. Toi, en attendant, j'aimerais bien que tu rendes visite à la galerie qui expose les œuvres de Marco Sabatini.

— Pourquoi ? demanda-t-elle en gardant un œil sur la voiturette garée à l'arrache.

— Ça m'intrigue cette histoire de peintre décédé du Covid.

– Quel rapport avec la mort de ma mère ?

– Une intuition.

– Je croyais que ça ne valait rien, les intuitions.

– Fais ce que je te demande au lieu de m'infliger ton insolence. Deux morts dans le même immeuble à quelques jours d'intervalle ça vaut la peine de vérifier.

– Vous ne m'avez toujours pas expliqué ce que vous attendez de moi en échange de votre participation à l'enquête.

– J'y viens, mais que les choses soient claires : je t'explique et tu exécutes. Tu ne poses pas de questions, tu ne fais pas de commentaires, OK ?

Elle hocha la tête. Taillefer poursuivit :

– Il y a un restaurant italien près de la place Furstemberg qui s'appelle le Numéro 6.

– Je crois que je vois où c'est.

– Tu attends ce soir dix-neuf heures pour t'y rendre, tu t'installes au bar et tu te commandes un verre. Un truc sans alcool, hein, ne t'attire pas d'ennuis. De là, tu auras une vision sur l'ensemble de la salle.

– Et après ?

– Tu observes les gens et tu essaies de repérer une femme : la quarantaine, jolie, d'origine libanaise.

– C'est qui ?

– On avait dit pas de questions.

Louise aurait bien tenté une plaisanterie, mais quelque chose lui disait qu'il valait mieux éviter.

— Si tu la vois, tu prends une photo avec ton iPhone et tu me la transfères.

— C'est tout ?

— C'est tout.

— Elle sera seule ?

— Si elle vient, oui.

— J'attends jusqu'à quand ?

— Trois quarts d'heure. Une heure max.

— Compris.

— On reste en contact, dit Taillefer en agitant son téléphone.

Alors qu'il commençait à s'éloigner, elle lui courut après.

— Attendez, je lui demande quoi au galeriste de Marco Sabatini ?

Mathias se retourna et de nouveau il fut frappé par le regard à la fois vif, pétillant et inquiet de la jeune fille.

— Je ne sais pas, mais tu es suffisamment futée pour trouver par toi-même.

Il tourna les talons, la laissant avec ses interrogations. Louise resta un moment à l'observer alors qu'il s'éloignait, bientôt rejoint par une haute silhouette portant une parka rouge avec une capuche bordée de duvet. Elle plissa les yeux pour essayer de détailler l'inconnu, mais en une seconde, les deux hommes furent happés par la foule.

2.

La galerie Bernard Benedick était située dans un grand espace rue du Faubourg-Saint-Honoré. Malgré l'éclairage, Louise crut d'abord que l'endroit était fermé. Nulle présence humaine visible à travers la vitre. Elle appuya néanmoins sur la sonnette et, après quelques secondes, la porte se déverrouilla. Une jeune femme – cheveux courts, *piercing*, tatouages apparents, tee-shirt noir et blanc réclamant « Justice pour Adama » – s'avança vers elle :

— Je peux vous aider ?

— Je souhaiterais parler à Bernard Benedick.

La galeriste battit des paupières derrière ses grosses lunettes de vue.

— Lui parler de quoi ? demanda-t-elle avec une pointe de condescendance.

— De ce tableau, répondit Louise en sortant du *tote bag* la petite toile que Taillefer avait récupérée chez sa mère.

L'attitude de la fille changea aussitôt.

— Oh, un Sabatini ! Le vôtre est très beau. Le fond bleu lumineux est le plus demandé avec le rose. Je vais prévenir monsieur Benedick. Vous avez de la chance : il est rentré ce matin de New York et repart demain pour San José.

Restée seule, Louise se demanda ce qu'elle fichait là, ne parvenant pas à se départir d'un certain malaise. Si elle était satisfaite du début d'implication de Taillefer,

cette piste lui semblait très loin de la question qui la préoccupait et elle n'avait aucune idée de la façon dont elle pourrait faire avancer l'enquête.

« Tu es suffisamment futée pour trouver par toi-même. »

Fais chier, Taillefer !

En attendant Bernard Benedick, elle déambula dans la galerie. Les deux premières grandes salles présentaient une exposition ayant pour titre « Bruit blanc ». C'était un accrochage collectif autour de la couleur blanche. Des monochromes blancs, des sculptures en marbre, des tapisseries en lin blanchi dessinant un paysage de neige flottant et silencieux. Un grand néon blanc clignotait sur l'un des murs. Sa lumière pâle proclamait : « Le mal blanc doit disparaître. » Louise ressentit une certaine nausée. L'ensemble de l'expo lui faisait penser à une immense piscine de lait concentré givré. Un truc angoissant et écœurant.

Elle trouva refuge dans la dernière pièce beaucoup plus intéressante. Sous le titre « L'armée des morts », l'exposition rassemblait une vingtaine de portraits peints par Marco Sabatini. Les toiles se ressemblaient. Elles mettaient toutes en scène le même personnage de jeune homme aux pupilles vides argentées qui vous fixait avec un regard de mort-vivant. Seuls les fonds différaient. Certains, très texturés, représentaient des dunes, la jungle, la montagne alors que d'autres consistaient en des à-plats de couleurs vibrantes. La lumière non plus n'était jamais la même, balayant un éventail qui allait du crépuscule à la pâleur des matins d'hiver. Une tension parcourait chaque représentation comme si un drame couvait dans ces peintures mystérieuses. Le combat, le sang, la mort n'étaient jamais très loin.

— Sacré travail, n'est-ce pas ?

La question fit sortir Louise de sa réflexion. Elle se retourna pour saluer Bernard Benedick. Pull orange, jean skinny, sneakers colorés : le sexagénaire avait choisi de jouer la carte jeune.

— Que puis-je faire pour vous ?

Louise lui montra le tableau et lui expliqua qu'elle l'avait trouvé chez sa mère, la danseuse étoile Stella Petrenko.

— Oui, bien sûr, c'est nous qui l'avons encadré et livré. Dans le 7e arrondissement, c'est ça ?

Louise acquiesça.

— Il s'agissait d'un cadeau de l'artiste à votre mère. J'ai cru comprendre qu'ils étaient voisins et qu'ils s'entendaient bien.

Les yeux ronds et chaleureux du galeriste pétillaient derrière d'épaisses lunettes Le Corbusier.

— Si votre maman souhaite vendre le tableau, je suis prêt à le lui racheter.

— Ma mère est morte.

— Oh vraiment, je... je suis désolé. Quel horrible gaffeur je fais. Je suis souvent à l'étranger et l'information m'avait...

— Ne vous inquiétez pas, le coupa-t-elle.

— Vous désirez un café ? Ou autre chose ?

— Un peu d'eau si vous avez.

Benedick lui proposa de le suivre dans son bureau en mezzanine auquel on accédait par un escalier industriel métallique. Là, le galeriste avait aménagé un petit salon sommaire constitué d'une table en plexiglas et de deux fauteuils crapauds.

— Eau plate ou gazeuse ?

— Plate, s'il vous plaît. Vous pouvez m'en dire un peu plus sur la peinture de Marco Sabatini ?

— Avec plaisir, répondit le galeriste, toujours confus de sa balourdise. À sa mort, Marco venait de fêter son trente et unième anniversaire. Il a été formé à Milan, à l'Académie des beaux-arts de Brera. C'était ce qu'on appelle un artiste émergent : nous avons commencé à l'exposer il y a deux ans. Au départ dans des accrochages de groupes où il s'est fait remarquer. Cette année, nous avons franchi le pas et organisé un *solo show* consacré à ses autoportraits. Un ensemble qu'il appelait lui-même « L'armée des morts ».

— Vous le connaissiez bien ?

— Pas vraiment. C'était un artiste très secret et renfermé qui sortait peu de chez lui. Disponible pour aucune promo, très détaché des questions matérielles. On avait peu de contacts avec lui, même si on a très bien vendu ses œuvres à Art Paris, la Fiac et Art Basel. Commercialement, pour nous, sa mort est un coup dur.

— J'ai l'impression qu'il refait tout le temps le même tableau, non ?

— Oui, c'est exact, toujours le même personnage en souffrance, à quelques variations près qui font la joie des collectionneurs.

— Il y a un message derrière tout ça ?

— Je l'ignore. Ce n'était pas le genre à commenter son travail, mais… (Le galeriste se leva pour prendre un catalogue sur une étagère.) … nous avons édité une plaquette sur sa dernière exposition. Le conservateur du patrimoine qui a rédigé les textes fait un parallèle avec le processus de zombification de la tradition vaudoue telle qu'elle se pratique encore à Haïti. Vous lirez le texte, c'est intéressant. Tenez, je vous l'offre.

— Merci, répondit Louise, un peu perdue.

— Je me demande si Sabatini aurait été capable de peindre autre chose. Malheureusement, nous ne le saurons jamais.

— Il est vraiment mort du Covid ?

— Oui, c'est ce qui a été dit dans la presse. Sa fiancée me l'a confirmé lorsqu'elle est venue m'apporter trois des tableaux que Marco avait terminés juste avant de mourir. C'est dingue, si jeune…

— Vous saviez quels rapports il entretenait avec ma mère ?

Bernard Benedick grimaça.

— J'aurais vraiment aimé vous aider, mais je ne sais rien de plus.

3.

Place de la Contrescarpe.

5e arrondissement.

Je viens d'arriver dans le café, annonça le SMS.

Taillefer leva les yeux vers l'entrée du bar et aperçut Nora Messaoud. L'infirmière avait de l'allure : trench-coat mastic ajusté, longs cheveux noirs lissés, rouge à lèvres vif. Le flic lui fit un signe de la main pour l'attirer à sa table au fond de la pièce.

— Merci d'être venue. Vous prenez quelque chose ?

— Non, merci, répondit-elle en posant son sac sur le coin de la table. J'en ai encore au moins pour deux heures de boulot. Si je commence à boire des Moscow Mule maintenant, il risque d'y avoir des morts.

Plusieurs éclairs illuminèrent le café suivis d'un lourd grondement de tonnerre. Nora se laissa tomber sur la chaise, regarda sa montre et changea partiellement d'avis.

— Je veux bien un Perrier menthe avec des glaçons et deux rondelles de citron, à condition que ça ne prenne pas trois plombes.

Taillefer arrêta *manu militari* le serveur dans sa course pour lui passer la commande.

— Je n'ai rien compris à ce que vous m'avez raconté au téléphone, inspecteur Taillefer.

— Commandant, la corrigea-t-il.

— Si ça vous fait plaisir, *el commandante* !

— La brigade criminelle a repris l'enquête sur la mort de Stella Petrenko.

— La Criminelle, carrément ?

— Des vérifications de routine avant de fermer le dossier définitivement.

— Et en quoi ça me concerne ?

— Vous l'avez vue le jour de sa mort, n'est-ce pas ?

— Oui, je lui ai changé ses pansements pendant plus d'un mois.

— De quoi souffrait-elle exactement ?

— De la maladie de Dupuytren, vous voyez ce que c'est ?

— Pas du tout.

— C'est une affection qui touche les tissus de la paume de la main et des doigts.

Joignant le geste à la parole, Nora Messaoud montra les jointures de sa propre main. Elle avait des ongles vernis rouge écarlate démesurément longs dont les pointes étaient tranchées à leur sommet comme le talon d'un escarpin.

— C'est une maladie bénigne au départ, mais qui s'aggrave avec l'âge. Peu à peu les tissus malades vont se solidifier et former des nodules dans la paume de la main et des brides très dures qui vont rétracter et fermer progressivement les doigts.

— D'où ça vient ?

Elle haussa les épaules et prit une gorgée de sa boisson.

— On ne sait pas trop. C'est sans doute génétique puisque plusieurs membres d'une même famille en sont souvent atteints. L'alcool et le tabac semblent être aussi des facteurs de risque.

Taillefer n'arrivait pas à détacher son regard des mains de l'infirmière. Chacun de ses ongles était unique, décoré avec soin par de petits dessins : étoile, fleur, papillon, croissant de lune. Des griffes tranchantes qui le fascinaient.

— C'est douloureux ? demanda-t-il.

— Pas trop, mais à force, ça devient très handicapant et il faut opérer.

— C'est ce qui s'est passé pour Stella Petrenko ?

— Oui, elle a subi l'ablation totale des tissus malades : les brides calcifiées dont je vous parlais.

— Sur les deux mains.

L'infirmière prit le temps de réfléchir.

— Non, ça concernait seulement la main droite. Heureusement pour elle, Stella était gauchère.

— Vous êtes sûre ?

— Certaine.

— Donc elle aurait pu tenir un arrosoir rempli d'eau avec sa main valide ?

— Oui. Dites, ça vous embête si je vais fumer une cigarette ?

Ils sortirent tous les deux du café et se retrouvèrent sous le petit auvent que se partageaient les accros à la nicotine. La place de la Contrescarpe brillait sous la pluie. Taillefer n'avait plus mis les pieds dans le Quartier latin depuis des mois. Il avait des souvenirs lointains de cet endroit au printemps. Des images bucoliques de place de village qui contrastaient avec la tristesse de ce 28 décembre. L'endroit semblait déplumé. La mairie avait tronçonné deux des quatre grands arbres qui entouraient la fontaine centrale. Pour combler le vide, la municipalité avait installé un cône en bois de récupération censé faire office d'alternative écologique au traditionnel sapin de Noël. Une pauvre guirlande scotchée à la va-vite sur les palettes en contreplaqué diffusait une lumière blanche dégueulasse.

– Je me suis toujours demandé pourquoi les gens acceptaient qu'on défigure leur ville ainsi, fit remarquer Nora.

Le flic était de son avis, mais évita le débat pour ne pas perdre de vue son enquête.

– Donc, votre travail, c'était de gérer les suites post-opératoires de l'intervention de Stella Petrenko ?

– Oui, mais ce n'était pas très compliqué. Stella a gardé une attelle pendant quinze jours et après il fallait renouveler son pansement régulièrement.

– Tous les jours ?

– Oui, pour éviter les infections.

– Et vous l'avez côtoyée quotidiennement pendant environ un mois.

— C'est ça, dit-elle en recrachant une longue bouffée.

— De quoi vous parlait-elle ?

— De pas grand-chose. C'est rapide vous savez, de changer ce genre de pansement. Je ne restais souvent pas plus de dix minutes.

— Elle vous faisait quelle impression ?

— Ma fille fait de la danse classique, donc forcément le personnage m'intéressait. Stella m'a donné un de ses sacs de danse à son intention. C'était sympa.

— J'ai trouvé du Lexo et du Zoloft dans sa salle de bains. Elle était déprimée ?

— Tout le monde l'est un peu, non ? lui répondit-elle dans un sourire.

Il fronça les sourcils :

— Vous voyez ce que je veux dire.

— Oui, je pense qu'elle ne tenait pas la grande forme. Ça l'emmerdait de vieillir, de ne plus être la star qu'elle avait été.

— Elle avait des amants ?

— À mon avis, elle baisait tout ce qu'elle trouvait.

— Elle vous en avait parlé ?

— Pas vraiment, c'est une vacherie totalement gratuite, lança-t-elle en regardant sa montre. Bon, je retourne au turbin si vous n'avez plus besoin de moi, mon commandant. Merci pour l'apéro.

Nora Messaoud balança son mégot dans la rigole et partit comme une flamme en agitant sa main.

4.

Taillefer retourna quelques secondes dans le bar, lâcha un billet sur le comptoir et sortit sans attendre la monnaie. Il erra sous la pluie jusqu'à la station de taxis de la place Monge, monta dans un véhicule, donna son adresse et demanda au chauffeur d'éteindre la radio qui beuglait dans l'habitacle.

Avec le retour de la pluie et de l'obscurité, il s'était muré, recroquevillé, anticipant déjà le calvaire et la solitude de la soirée à venir. Il regardait, absent, le paysage fantôme défiler à travers la fenêtre lorsque son téléphone sonna.

Louise Collange en FaceTime.

Il décrocha avec appréhension. Lumière tamisée et image tremblotante de la jeune fille assise au bar du Numéro 6.

— Bon, elle n'est pas là votre copine. Je reste encore un moment et je me casse, d'accord ?

Mathias resta silencieux. Ce qu'il voyait sur l'écran suscitait des réminiscences douloureuses. Il se souvenait du décor : le sol en terracotta, les murs de briques rouges, les poutres apparentes en chêne. Une ambiance feutrée, mais chaleureuse. Des raviolis « grand-mère » à tomber.

Louise lui raconta sa visite peu fructueuse à la galerie Benedick et le flic fit de même concernant sa rencontre avec l'infirmière. Le constat était sans appel : ce début d'enquête était dans l'impasse.

– Je te l'avais bien dit, commença-t-il, ta mère…

– Vous m'emmerdez ! jeta-t-elle avant de lui raccrocher au nez.

Long soupir. Les pavés du square de Montsouris. La maison. La présence réconfortante de Titus. Mathias verrouilla la porte et ne prit même pas la peine d'allumer. Il enleva ses godasses dans l'obscurité et répéta les mêmes gestes, mécaniques et quotidiens, pour nourrir le chien. De retour dans le salon, il chercha presque à tâtons la bouteille de Karuizawa et se laissa tomber dans le canapé. Première longue rasade. Le fait qu'il ne tenait pas l'alcool l'avait probablement empêché de devenir alcoolique, et sans attendre le whisky le mit KO.

Chaos.

Il ferma les yeux et se laissa dériver en moulinant les événements de la journée. Le halo de lumière pâle qui phosphorait autour du visage de Louise Collange. Les yeux de zombie de la peinture de Marco Sabatini. Ceux globuleux de la gardienne et son visage déformé par sa logorrhée complotiste. La mystérieuse discussion qu'il avait eue dans la grande roue de la Concorde. Lena qui n'était pas venue au rendez-vous au Numéro 6. Les ongles stilettos de Nora Messaoud.

À présent Taillefer avait coupé les ponts avec la réalité. Dans son cauchemar, les longs doigts de l'infirmière étaient en train de lui déchiqueter la gorge. Il se vidait de son sang, mais ne souffrait pas. Il était allongé sur un champ de bataille, entre deux tranchées. Il voyait des corbeaux décrire des cercles dans le ciel. Assise à cheval sur lui, l'infirmière continuait à enfoncer ses ongles, cette fois dans ses entrailles. En regardant de plus près, il s'aperçut que ce n'était pas Nora, mais Myriam Morlino, la gardienne de la rue de Bellechasse.

— Méfiez-vous du graphène ! Ils veulent prendre le contrôle de votre esprit !

Il avait du sang partout, mal à la tête et la sensation qu'une aiguille à tricoter lui transperçait les oreilles. Morlino l'attrapa par les cheveux et lui secoua la tête.

— Ton téléphone sonne, andouille ! C'est LA CHOSE ! hurla-t-elle.

Taillefer se réveilla en sueur. *Putain*… Son cœur battait à tout rompre. Titus lui avait sauté au visage et lui bavait sur le nez et la bouche. Il s'essuya avec sa manche avant de décrocher. Ce n'était pas La Chose. C'était Nora Messaoud.

— Ça va, commandant ? À votre essoufflement, j'ai l'impression que je vous dérange en pleine séance de sport. Ou en pleine partie de jambes en l'air.

— Ni l'un ni l'autre, figurez-vous. J'étais en plein cauchemar, corrigea-t-il.

— Déjà au lit à vingt et une heures ? On peut dire que vous avez une vie rangée !

Il gratta la tête de son chien avant de se mettre debout.

— Bref, je vous appelle parce que j'ai pensé à quelque chose, poursuivit l'infirmière. Sans doute un détail sans importance.

Taillefer tendit l'oreille.

— Dites-moi.

— Je vous ai affirmé que j'avais vu quotidiennement Stella Petrenko pendant un mois. Ce n'est pas tout à fait exact. À la fin août, une dizaine de jours avant sa mort, je suis partie une semaine en vacances et comme c'est souvent le cas, le cabinet a recruté une remplaçante par le biais d'une plate-forme réservée aux professionnels de santé.

Le flic se massa les tempes, pas certain d'avoir bien compris.

— Donc pendant ce temps une autre infirmière est intervenue pour changer les pansements de la danseuse, c'est ça ?

— Oui, du 25 août au 1er septembre.

— Vous pouvez me retrouver son nom ?

— J'ai déjà cherché, figurez-vous.

Taillefer attrapa un stylo pour noter.

— Elle s'appelle Charvet, annonça Nora. Angélique Charvet.

L'infirmière laissa passer un silence, puis osa :

— J'ai fini ma journée. Ça vous dirait de m'inviter à manger des sushis ? Je connais un *haiten* sympa dans le 8e…

II.

ANGÉLIQUE CHARVET

5

Les deux côtés de la barrière

Quand la neige fond, où va le blanc ?
William SHAKESPEARE

Quatre mois plus tôt.
Banlieue parisienne.
28 août.

1.

Je m'appelle Angélique Charvet.
J'ai trente-quatre ans.
Je suis assise sur la cuvette de mes toilettes.
Un test de grossesse entre les mains.
Positif.

2.

La double barre du bâtonnet en plastique semble me narguer. J'avais bien vu venir le truc, pourtant : un retard de règles, une tension au niveau des seins, plusieurs débuts de nausée. Je me lève, balance le test dans le lavabo et passe sous la douche.

Immobile sous l'eau brûlante, j'essaie de remonter le temps pour identifier « le père ». Dans ma tête, je compte à rebours les semaines et les jours… jusqu'à tomber sur Corentin Lelièvre. Un *date* Tinder pourri de début août que j'avais déjà en partie effacé de ma mémoire. Un pigiste multisupports qui se définissait lui-même comme un « journaliste militant » évoluant à la frange de l'activisme et de la presse. Une tête ronde à la Gaston Lagaffe, une barbiche de chèvre et une calvitie dont il avait honte et qu'il essayait de planquer sous une casquette à large visière. Un euphémisme de dire qu'il ne ressemblait pas aux photos affichées sur son profil.

Il m'avait emmenée aux Enfants Terribles, un bar du quai de Jemmapes. Je me souviens qu'il portait un tee-shirt écolo ridicule barré du slogan : « Besoin d'une Terre Happy ». Le mec avait des avis tranchés sur tout. Il s'écoutait tellement parler que j'avais débranché mon cerveau au bout d'un quart d'heure. Et enchaîné les Lemon Drop. J'avais dû en descendre une quantité déraisonnable. Sans ça, je n'aurais pas accepté de le suivre dans son appart rue Eugène-Varlin. Côté cul, il avait continué dans le médiocre. C'est là que le préservatif avait dû se rompre. Et ce n'était pourtant pas la taille de sa bite qui l'avait fait craquer.

Je sors de la douche, m'habille en quatrième vitesse. Ne plus penser à ce minable qui me renvoie à mes propres errances. Gérer le truc comme la dernière fois.

Une IVG médicamenteuse au cabinet de sage-femme de Sophie Charbonnier, rue du Cherche-Midi. Sophie était avec moi en PCEM1[1] à Bordeaux. Elle a un melon pas possible, mais elle m'épargnera tout le bla-bla psychosocial. Un comprimé de mifépristone pour interrompre la grossesse et un de misoprostol trente-six heures plus tard. Un mauvais moment à passer, mais dès le week-end prochain ce problème sera derrière moi.

3.

Aulnay-sous-Bois.

Huit heures du matin.

Je quitte sous la flotte le petit immeuble vieillot en pierre meulière où j'habite depuis mon arrivée à Paris, il y a huit ans. On est le 28 août. C'est l'été partout dans l'Hexagone sauf dans cette putain d'Île-de-France. Place du Général-Leclerc, boulevard de Strasbourg et la route de Bondy jusqu'à la gare. Qu'est-ce qui est plus déprimant que la Seine-Saint-Denis ? La Seine-Saint-Denis sous la pluie.

Le chaos habituel pour attraper le RER B. La rame est en sueur. Littéralement. Une humidité tropicale imprègne les wagons, rendant le trajet vers Paris

1. Première année du premier cycle des études de médecine jusqu'en 2010 en France.

encore plus pénible. Coup d'œil à Instagram. Les copines sont en Corse, à Saint-Trop, en Toscane, dans les beaux hôtels de la côte Adriatique. Ma *timeline* a été repeinte aux couleurs de la Méditerranée. Partout la mer, les lunettes de soleil, le sable chaud, les verres de spritz, les bouées flamant rose dans les piscines. *#summer #goodvibes #sun #love #holidays #naturelover #hotsummernight #summerbliss #protectyourskin #beachbabe #bikiniseason*. Aux hashtags enjoués qui défilent sur mon écran répondent les noms des stations qui défilent à ma fenêtre. Drancy, La Courneuve, Gare-du-Nord, Châtelet-les-Halles. Un changement à Saint-Michel-Notre-Dame avant ma destination finale.

L'arrivée à la station Musée-d'Orsay est une délivrance. De l'air, enfin. La Seine, les mouettes, les deux horloges, les arches éternelles du pont Royal. Paris intra-muros est un autre monde. Même le temps semble plus clément. La pluie a cessé, un bout de ciel bleu perce à travers les nuages. Tandis que je traverse le quartier de Saint-Thomas-d'Aquin je respire à nouveau. Je ne me sens plus banlieusarde, mais parisienne. L'orage a lavé la ville. Les immeubles de la rue de Bellechasse brillent comme un sou neuf.

Allez, courage !

Les journées de travail me paraissent moins difficiles dans les beaux quartiers. Surtout que le programme du matin commence par ma patiente préférée.

Je sonne à l'interphone et prends l'ascenseur jusqu'au cinquième.

– Bonjour Angélique. Comment allez-vous ce matin ?

C'est ma quatrième visite chez Stella Petrenko et c'est toujours un moment agréable. Nous avons nos habitudes. Je lui change son pansement, elle me sert un thé noir aux agrumes puis nous bavardons cinq minutes autour de son imposant samovar en argent. J'aime son appartement, sa décoration, la vue dégagée sur les toits, le vieux parquet ciré. L'ancienne danseuse étoile n'a pas sa langue dans sa poche. Elle a de l'esprit et de l'humour. Elle me conseille des livres, des films, me raconte des anecdotes passionnantes sur sa carrière, et pendant un instant, j'ai l'impression que je suis enfin *à ma place*. Je me dis que moi aussi, je pourrais appartenir à ce milieu où la vie semble plus vaste. M'arracher à mon quotidien déprimant. Quitter la banlieue et son horizon empêché.

J'ai toujours essayé de m'élever : par les études, les rencontres, les intrigues amoureuses, la séduction, la manipulation. Je sais être caméléon. Pendant longtemps, j'ai cru dur comme fer que je parviendrais un jour à franchir cette frontière invisible qui me maintient du mauvais côté de la barrière. Mais avec les années et les déconvenues cette certitude s'est émoussée. J'ai appris à connaître mes atouts et mes faiblesses. Je sais que deux forces cohabitent en moi. La lutte de l'ange et du démon. Les bons jours, je parviens vraiment à faire illusion, à mettre en pause mes angoisses, mes frustrations, ma colère, à canaliser le chaos qui règne dans ma tête. On peut alors me trouver charmante, réfléchie, attachante. C'est sans doute ce que pense d'ailleurs à ce moment précis Stella Petrenko.

— Vous avez entendu ? demande-t-elle en reposant soudain sa tasse de thé sur la table.

Un choc inquiétant vient de retentir en provenance de l'étage supérieur. Comme si on avait renversé un meuble très lourd contenant de la vaisselle. Puis plus rien.

— Ça vient de chez Marco, dit Stella. C'est étrange, il ne fait jamais de bruit.

— On ferait peut-être mieux d'aller voir.

Elle opine de la tête. Je la suis sur le palier. Comme l'ascenseur ne va pas plus haut que le cinquième, nous montons toutes les deux par l'escalier.

— Qui est ce Marco ?

— Marco Sabatini, un jeune homme qui fait de la peinture. Un Italien un peu bizarre, mais très gentil. Il est venu me demander du Doliprane hier après-midi. Il crachait ses poumons et se traînait comme un malheureux. Je lui ai proposé d'appeler SOS Médecins mais il n'a pas voulu.

Je frappe plusieurs fois à la porte :

— Monsieur Sabatini ?

Pas de réponse.

— Vous êtes là, monsieur Sabatini ?
J'essaie d'ouvrir mais l'entrée est verrouillée.
— La gardienne a un double des clés ?
Stella acquiesce :
— Sans doute, mais… elle est en vacances.
Je regarde autour de moi.
— Ça, c'est quoi ?
— L'ancien escalier de service.
Je pousse la porte métallique pour découvrir un petit escalier encloisonné équipé d'une échelle menant à un exutoire de fumée. Malgré mes failles, j'ai aussi des ressources. Je sais garder mon calme et faire face dans les situations de crise. Je grimpe le long de l'échelle, fais pivoter la fenêtre et me hisse à l'extérieur.
— Attention, c'est dangereux ! me crie Stella.
Sa voix me parvient déformée par l'écho, diluée par le vent. Accroupie sur les toits, j'ai l'impression d'être ailleurs. La vue est époustouflante. Un océan vertigineux d'ardoise et de zinc. Je me relève à demi en essayant de ne pas perdre mon équilibre. Ça souffle tellement fort qu'il me faut un moment pour trouver mes repères et mon orientation. Éblouie par les reflets, je porte ma main en visière et localise une série de vasistas qui doivent donner chez Sabatini. Alors que je glisse doucement le long de la gouttière, une rafale manque de me déséquilibrer. Je tremble, je suis excitée, j'éclate de rire pour conjurer la peur. J'aime ces moments qui sortent de l'ordinaire, qui vous font

dire que la journée ne sera pas comme les autres. Un des vantaux est largement ouvert. Plus que quelques mètres et je parviens à enjamber la baie étroite sans me rompre les os.

4.

Je pousse un soupir de soulagement en m'introduisant dans l'appartement. Le lieu est étonnant. Toutes les chambres de bonne du sixième ont été réunies pour créer un grand atelier de peintre d'au moins cent cinquante mètres carrés. L'étage est mansardé, troué par plusieurs puits de lumière qui illuminent l'espace.

Malgré l'aération, une forte odeur de térébenthine plane dans l'air. Je parcours la pièce du regard et j'aperçois le corps de Marco Sabatini étendu sur le parquet entre deux tréteaux. Autour de lui, des pots de peinture, des bocaux de verre fracassés et un plan de travail qu'il a dû entraîner dans sa chute.

Je sors de ma poche le masque chirurgical que j'avais enlevé pour crapahuter sur les toits.

— Monsieur Sabatini ? Vous m'entendez ? Comment vous sentez-vous ? je demande en m'agenouillant à côté de lui.

Il a une petite trentaine d'années. Des cheveux mi-longs collés par la transpiration, une barbe de plusieurs jours. Le visage d'un ange qui viendrait de se faire un shoot d'héroïne.

Je me penche vers lui et pose ma main sur son front. Brûlant. Il essaie de marmonner quelque chose, mais sa voix est inaudible tellement il manque de souffle.

— Je suis infirmière. On va s'occuper de vous.

Je me lève pour tourner la clé de la porte d'entrée.

— Votre voisin est mal en point, Stella. Vous voulez bien aller me chercher le sac que j'ai laissé dans votre appartement ?

— Bien sûr.

Je reviens vers mon patient. Il porte une chemise en lin blanc tachée de traces de peinture. Ses manches relevées dévoilent plusieurs tatouages : l'étoile à cinq branches des Brigades rouges, la colombe de la liberté, l'inscription *Wish You Were Here*, un poing levé, un couteau de combat dégoulinant de sang, une citation anticapitaliste en français : « C'est de l'enfer des pauvres qu'est fait le paradis des riches. »

— Vous êtes vacciné contre le Covid, monsieur Sabatini ?

Au doigt d'honneur qu'il pointe dans ma direction j'imagine que cela veut dire non.

Son corps est en position fœtale. Sa main gauche est crispée sur sa poitrine. Son bas de pyjama maculé de traînées de selles liquides. Il est pris d'une quinte de toux qui le fait suffoquer. Lorsque Stella remonte avec ma sacoche, je lui demande de ne pas entrer :

— Probable qu'il soit contagieux.

Je glisse l'oxymètre à l'index de Sabatini. Comme je le craignais, son taux d'oxygène dans le sang est sous les 90 %, nécessitant une hospitalisation en urgence.

Je contacte le centre de régulation du 15 et explique à l'ARM les raisons de mon appel. Le type à l'autre bout du fil met des plombes pour créer un dossier sur son ordi. Le problème classique des deux mois d'été où le SAMU est désorganisé à cause des vacances. Je lui dis que je suis infirmière et que mon patient est en détresse respiratoire. Comme ce petit con me prend de haut, je lui mets la pression pour qu'il fasse basculer l'appel au médecin régulateur. Celui-ci partage mon diagnostic – un cas Covid probable en état critique – et dépêche sur place une équipe du SMUR.

Dix minutes plus tard, un médecin, un infirmier et un ambulancier débarquent au sixième étage. Gants, blouses, lunettes, effervescence, l'équipe médicalisée s'active pour donner les premiers soins d'urgence à Sabatini. Je propose mon aide, mais les trois mecs préfèrent rester entre eux. Ils choisissent finalement de mettre le peintre sur un brancard et de terminer les soins directement dans l'ambulance.

Je demeure seule un moment dans l'appartement vide. Il y a trois tableaux sur des chevalets. Des peintures singulières qui dupliquent le même visage au regard de mercure sur des fonds différents. Sabatini s'y est représenté lui-même. Un prince italien de la Renaissance. Un Laurent de Médicis aux yeux crevés.

Cet appartement me fascine et m'effraie à la fois. Je referme à clé avec l'intention de restituer le trousseau, mais lorsque j'arrive au rez-de-chaussée, je m'aperçois que le porte-clés n'entre pas dans la fente de la boîte aux lettres de la loge de la gardienne.

— Ah, Angélique, on a besoin de vous !

Je me retourne. C'est l'infirmier qui m'interpelle depuis le trottoir. Une drôle de gueule : le crâne rasé, un œil de verre enfoncé dans l'orbite, des sourcils d'albinos.

— Vous êtes encore là ? je demande en constatant que l'ambulance stationne en double file. Comment va le patient ?

— Pas fort. On l'a intubé et ventilé.

D'un geste du menton, il désigne le médecin pendu à son téléphone un peu plus loin sur le trottoir.

— Le doc essaie de lui trouver un lit potentiel de réa, mais c'est chaud. Toujours la même galère pendant les vacances.

— Tu m'étonnes.

— Je m'appelle Esteban.

Je hoche la tête. Je l'ai repéré dès son arrivée à cause de son physique décalé. Pas le couteau le plus affûté du tiroir, mais quelque chose de touchant. Il tient dans sa main la tablette numérique sur laquelle doit être rempli le compte-rendu d'intervention du SAMU.

— Le doc m'a demandé de l'aider à compléter ce truc, mais je suis un peu en galère. Tu connais le nom du patient ?

— Marco Sabatini.

— Comment ça s'écrit ?

— Regarde sur le DRM. La synchro va se faire automatiquement.

— Tu peux me filer un coup de main ?

Je jette un coup d'œil à l'écran et l'aide à remplir quelques éléments du dossier SMUR. L'un des items concernant les interlocuteurs du patient invite à choisir une « personne à prévenir ». Sans trop réfléchir, c'est mon nom que je laisse : « Angélique Charvet, amie ».

6

Un peu folle

J'ai toujours préféré la folie des passions à la sagesse de l'indifférence. Mais, parce que mes passions ne sont point de celles qui éclatent, dévastent et tuent, le vulgaire ne les voit pas.

Anatole FRANCE

1.

Vingt heures.

Mon dernier rendez-vous est derrière moi : une injection d'anticoagulant à un petit vieux casse-couilles de la rue d'Assas. La journée a défilé sans que je m'en aperçoive. J'ai mis toutes mes pensées négatives sous le tapis : le test de grossesse, la prochaine IVG, la tête de con de Corentin Lelièvre. Il fait bon. Le ciel est rose, plein de promesses. Je n'ai aucune envie de me farcir le RER B cradingue pour rentrer à Aulnay. Bien décidée à profiter encore quelques heures de Paris, je remonte à pied le boulevard Raspail, les mains dans les poches de mon imper. Et je me rends compte que je n'ai toujours pas rendu les clés de l'appartement de Marco Sabatini.

Comme la rue de Bellechasse est toute proche, j'y retourne avec l'intention de les laisser à Stella Petrenko. Le double code pour pénétrer dans l'immeuble, l'ascenseur jusqu'au cinquième, mon doigt qui s'apprête à appuyer sur la sonnette. Puis une hésitation. Un désir que je n'avais pas anticipé me traverse. Celui de revoir l'appartement du dessus. Seule. Je monte l'escalier sans faire de bruit, insère la clé dans la serrure et me retrouve nez à nez avec la série de trois portraits de Sabatini.

– Salut, les gars. Vous veillez un mort ou quoi ?

Les paires d'yeux argentés me regardent sans me voir. Les lattes en bois craquent sous mes pas. L'odeur étourdissante de l'essence de térébenthine me rappelle l'atelier de menuiserie de mon grand-père.

Je remonte les rideaux pour faire entrer de la lumière. Avec ses volumes et ses poutres apparentes, la majesté du loft emporte tout. L'espace est aéré, mais austère, presque entièrement consacré à la création. Les chevalets et les tréteaux ont remplacé les meubles. Le parquet est constellé de milliers de taches de couleurs. Partout, des pots de peinture, des palettes, des chiffons, des carnets de croquis restés ouverts, des bocaux de pinceaux et de brosses.

Je furète, ouvre le frigo, les tiroirs, les placards, comme si j'étais chez moi. J'ai faim, grignote quelques Chamonix, une pomme Gala, un yaourt périmé. Dans la salle de bains, je tombe sur la réserve de drogue que le médecin du SMUR a dû découvrir avant moi. Sabatini n'est pas un petit joueur en la matière : coke, pilules d'ecstasy, tube d'OxyContin, sachets en plastique de Spice. Je regarde la dope avec dégoût. J'ai toujours pris garde à me tenir éloignée de ce monde-là. Les chimères qui peuplent mon cerveau n'ont pas besoin d'adjuvant pour mettre le bordel dans ma vie. Par contre, je ne résiste pas à deux shots de la vodka au miel dont j'ai trouvé une bouteille dans le congélateur.

Sous un meuble, je repère le portable de Sabatini qui a dû glisser lorsque le peintre s'est effondré ce matin. Sans doute a-t-il cherché à appeler lui-même les secours avant de perdre connaissance. Une sonnerie. Qui ne provient pas du portable de l'artiste, mais du mien.

— Angélique Charvet ?

— C'est moi.

— C'est le service de réanimation de l'hôpital Pompidou. Je vous appelle pour vous donner des nouvelles de votre petit ami, monsieur Marco Sabatini.

— Comment ça ?

Un moment, je reste interdite avant de comprendre la méprise. Le dossier SMUR a été transmis à l'hôpital et l'infirmière pense que je suis la compagne de son malade. Sa *petite amie* au lieu de son *amie.*

Les nouvelles ne sont pas bonnes. Comme je l'avais deviné, la maladie a atteint les poumons et le staff médical n'a pas eu d'autre choix que de placer le peintre en coma artificiel. D'après ce que me dit mon interlocutrice, je comprends que l'hôpital cherche des infos sur les antécédents et les traitements de ce patient de nationalité italienne. Elle me demande s'il est suivi par un médecin ou un centre de soins. Je promets de me renseigner avant de raccrocher.

2.

J'emporte la vodka au miel avec moi sur le balcon. Je me laisse tomber dans une chaise à bascule en rotin déglinguée que le peintre a installée pour profiter du soleil. Les couleurs pastel du ciel ont pris une teinte orangée semblable à la couleur de ma bouteille de krupnik.

Le téléphone que j'ai ramassé par terre est un très vieux modèle d'iPhone à l'écran brisé. Des petits éclats de verre menacent de se détacher et de me rester entre les doigts, mais l'appareil fonctionne encore et n'est protégé par aucun mot de passe. Sabatini n'est pas un *addict* du portable. À première vue, l'iPhone ne contient rien d'intéressant. Le peintre utilise son mobile pour deux choses : passer commande à son dealer et échanger des centaines de textos avec sa mère, une certaine Bianca.

Ses SMS sont envoyés par rafales, pendant des périodes de crise. Des moments difficiles où le fiston semble dépassé par la peur et hanté par de terribles cauchemars. Des moments où il prétend être poursuivi par ce qu'il nomme à plusieurs reprises « l'armée des morts ». Puis les échanges cessent dès que le calme revient dans la vie de Marco. Avec parfois des silences de plusieurs mois. D'après ce que je peux lire sur l'écran, la mère et le fils n'ont plus discuté depuis Noël dernier. En remontant plus loin en arrière je constate que l'Italien est fort pour embobiner sa *mamma* et lui faire croire que ses problèmes d'addiction sont derrière lui. Et celle-ci est suffisamment naïve pour le croire.

Ou plus vraisemblablement préfère-t-elle fermer les yeux ?

À lire le fil de la discussion on devine aussi qu'ils ne se voient que très rarement. Bianca Sabatini vit entre Turin et Venise et voyage beaucoup, tantôt aux États-Unis, tantôt en Asie ou dans les capitales européennes. Le nom d'une entreprise revient plusieurs fois dans les messages : AcquaAlta. Je connais cette marque de fringues grâce à Insta et parce que je suis déjà passée devant leur magasin avenue Montaigne. Une boutique de luxe avec des pièces en cachemire qui peuvent valoir deux fois mon salaire.

Retour à mon téléphone. Obligée d'en savoir plus. Google : « famille Sabatini » + « AcquaAlta ». Les résultats de la recherche sont intéressants et éclairants : Marco Sabatini est l'héritier d'une dynastie

italienne prestigieuse. Au fil des liens hypertextes, l'histoire de l'entreprise se dessine progressivement.

Originaire du Piémont, la famille Sabatini œuvre dans le commerce du tissu et de la laine depuis le milieu du XIXe siècle. Fondée au sortir de la Première Guerre mondiale, l'entreprise AcquaAlta construit d'abord plusieurs filatures dans le nord de l'Italie. Dans les Années folles, leurs manufactures se développent et fournissent du textile de qualité aux grandes maisons de couture de l'époque : Paul Poiret, Lanvin, Vionnet, Chanel.

Pendant les Trente Glorieuses, l'entreprise s'internationalise et exporte en Asie et aux États-Unis, mais elle change de dimension dans les années 1990. C'est à cette époque que Lisandro Sabatini – le père de Marco que tout le monde surnomme *l'Ingegnere* – prend les rênes de l'entreprise. Il poursuit la montée en gamme en développant la production d'une laine très fine à partir d'élevages de chilihuèques, une espèce de lama très rare que l'on ne trouve que dans les montagnes chiliennes. Après la chute de Pinochet, AcquaAlta multiplie les investissements en accord avec les gouvernements chiliens successifs pour étendre les élevages de l'animal alors en voie d'extinction.

Rapidement, les grandes marques de luxe s'arrachent cette laine plus chère et plus fine que le cachemire et réputée l'une des plus agréables à porter. Dernière étape de ce développement : AcquaAlta lance sa propre ligne de prêt-à-porter qu'elle distribue à travers un réseau de luxueux magasins. Une réussite économique fabuleuse qui a aiguisé bien des appétits. Ces dernières années, LVMH, Kering et Richemont ont cherché à mettre la main sur ce joyau, parfois qualifié d'« Hermès italien ». Mais les assauts des groupes de luxe ont été repoussés par la famille Sabatini. Lors de ses rares prises de parole, *l'Ingegnere* ne manquait pas une occasion de répéter qu'AcquaAlta resterait une affaire artisanale familiale et ne tomberait jamais « dans l'escarcelle sans âme de groupes mondialisés ».

3.

Après le cours d'économie, place au *people*. Au début des années 2000, les magazines *Oggi* et *Gente* (les *Paris Match* transalpins) avaient publié plusieurs reportages photo sur la famille Sabatini. Marco et sa sœur jumelle Livia avaient alors une dizaine d'années. Les Sabatini affichaient l'image d'une famille heureuse. Balades en Riva sur les eaux du lac de Côme, séjour au ski à Cortina d'Ampezzo, villégiature dans leur maison du cap d'Antibes. Mais Livia était morte à dix-neuf ans, lors d'une randonnée dans les Dolomites. À partir de là, le comportement de Marco était devenu instable, entre shoots d'héroïne, rébellion anticapitaliste et frasques en tout genre. Un article paru en 2015 dans le *Corriere della Sera* résumait son errance :

Marco Sabatini, l'enfant terrible de l'empire AcquaAlta, hospitalisé après une overdose

Le fils de Lisandro Sabatini, l'actionnaire principal du groupe AcquaAlta, a été retrouvé hier matin inanimé dans un squat du quartier Quarto Oggiaro à Milan. C'est un compagnon de défonce qui a eu le réflexe de prévenir les secours, affirmant que le fils de *l'Ingegnere* aurait consommé l'équivalent de 5 grammes de cocaïne après s'être injecté de l'héroïne. Marco Sabatini a été conduit à l'hôpital Niguarda. Ses jours ne semblent plus en danger.

Diplômé de l'Académie des beaux-arts de Brera, le jeune homme de 25 ans est l'unique héritier de la dynastie Sabatini depuis la mort de sa sœur Livia. Il a souvent répété qu'il ne souhaitait jouer aucun rôle dans l'entreprise. Pendant ses études universitaires, il a animé un site web étudiant lié à la mouvance antilibérale et écologique sur lequel il a notamment écrit : « *Le capitalisme est la source de tous les maux de la société. Il est incompatible avec la survie de l'humanité. Il finira à long terme par s'autodétruire, mais nous n'avons pas le temps d'attendre. C'est pourquoi l'éradication de la bourgeoisie doit commencer dès aujourd'hui, et la violence est le seul moyen d'y parvenir.* »

Lorsque je lève la tête de l'écran du téléphone, la nuit est tombée. La pièce est plongée dans une lumière noire aux reflets bleus. De l'autre côté de la rue, j'aperçois un ado, un casque sur les oreilles, qui joue sur un écran géant. Des clameurs lointaines montent jusqu'à moi. Celles d'un Paris au mois d'août aux trois quarts vide qui, quelques semaines durant, redevient un peu provincial. Une petite brise rafraîchit l'atmosphère. J'ai terminé la bouteille de vodka. Étourdie par l'alcool, je ferme les yeux un moment. C'est une sensation bizarre. J'ai la tête qui tourne tout en me sentant incroyablement lucide.

Depuis toujours le souffle de la nuit m'apaise. Ma frustration se dilue, mes idées se fixent, plus saillantes et constructives, même si par vagues revient la même souffrance. Celle de passer à côté de ma vie. Celle d'être étrangère à mon existence. Une simple spectatrice incapable d'écrire sa propre partition. Celle de me traîner sur une voie de garage où sont relégués les trains qui ne vont nulle part. Celle de penser que je mérite mieux. Comme si Dieu s'était gouré lorsqu'il a distribué les cartes qui nous permettent de jouer notre vie.

Mais comment font ces autres à qui tout réussit ? demande la chanson. Moi, je ne parviens pas à m'insérer dans les rouages du monde tel qu'il tourne. Je suis en décalage, arpentant un chemin parallèle qui s'enlise et se répète. À force, je me suis perdue.

Je ne sais plus moi-même qui je suis vraiment. Plus moi-même ce que je *cherche* vraiment.

Un peu folle.

Et puis, il y a toujours un moment où revient cette expression.

Tu es un peu folle, Angélique.

Dans la bouche de ma mère. Dans la bouche de celles qui furent un temps mes amies. Dans celle des quelques mecs qui ont traversé ma vie.

Un peu folle, ma fille.

Un peu folle de vomir la médiocrité qui m'entoure et de m'y sentir prisonnière. Un peu folle de penser que la vie a une autre densité de l'autre côté de la barrière. Un peu folle de ne pas gober la fable des petits bonheurs de l'existence censés constituer tout le sel de la vie. Un peu folle de vouloir fuir, de me dire qu'une autre vie est possible. Un peu folle de toujours préférer « la folie des passions à la sagesse de l'indifférence ». Un peu folle de souhaiter mieux que ces mecs *low cost* qui te draguent mollement derrière leur écran entre une partie de jeu en ligne et une branlette sur Pornhub.

4.

J'ouvre les yeux. Une idée vient de traverser mon esprit. Une idée « un peu folle » justement. Je rallume le portable de Marco et compose le numéro… de sa mère. L'appel met du temps à aboutir. Je tremble, hésite à raccrocher. Je reconnais la tonalité de retour caractéristique de l'Amérique du Nord puis :

— *Marco, mi amore, va bene ?*

— Bonjour madame Sabatini, je me permets de vous contacter depuis le portable de votre fils, mais…

— Qui êtes-vous ? me demande-t-elle en français.

— Je m'appelle Angélique Charvet, je voulais vous prévenir que Marco a eu un problème de santé.

— *O Dio mio !* C'est grave ? Où est-il ?

— À l'hôpital Georges-Pompidou.

Je prends le temps de lui expliquer la situation. Je sens sa détresse à l'autre bout du fil, mais sa volonté aussi de ne pas se laisser terrasser par l'émotion et d'opter pour les bonnes décisions.

— Je suis à New York, m'explique-t-elle. Il est trois heures de l'après-midi. Je vais essayer d'attraper un avion pour Paris dès ce soir. Je vous remercie de m'avoir prévenue.

— C'est normal.

— Vous auriez le numéro de l'hôpital ?

Je le lui communique et propose :

— Vous souhaitez que je vienne vous attendre à l'aéroport ?

— Mais… pourquoi ?

— Nous pourrions aller directement à Pompidou ensemble pour voir Marco.

J'observe un très long silence, puis :

– C'est bien ce que je pensais : Marco ne vous a jamais parlé de moi, n'est-ce pas ?

– Je… Je ne crois pas, c'est vrai.

– Je suis Angélique, sa petite amie.

7

Prendre sa place

Il existe, entre la responsabilité et l'irresponsabilité, une zone imprécise, un domaine d'ombres où il est dangereux de s'aventurer.
Georges SIMENON

1.

Six jours plus tard.
4 septembre 2021.
Avenue Montaigne.

En cette fin d'été, le patio du Plaza Athénée était le cœur vibrant du palace. Protégé de la rumeur du trafic, il offrait une oasis de calme et de fraîcheur. Du lierre et de la vigne grimpaient le long de la façade jusqu'aux derniers étages. Les balcons débordaient de géraniums en fleur dont la couleur faisait écho au rouge vif des parasols.

Un avant-goût de la vraie vie telle que je l'avais imaginée. Oui, de l'autre côté de la barrière tout avait plus de couleurs, de force, d'intensité. Enfin, je jouais dans un film dont je tenais le premier rôle. Un film où les décors n'étaient pas faits de carton-pâte et où ceux qui me donnaient la réplique sortaient de la Juilliard School plutôt que de l'amicale théâtrale de la salle des fêtes de Villeneuve-les-Deux-Verges.

Depuis que Bianca Sabatini était en France, c'est là, sur la terrasse du restaurant de l'hôtel, autour d'un déjeuner léger, que nous avions pris l'habitude de nous retrouver tous les jours, elle et moi. Son mari, *l'Ingegnere*, était resté à Milan pour gérer les affaires de la famille. Il avait d'abord tenté de faire transférer son fils à l'hôpital américain de Neuilly, mais y avait renoncé après s'être assuré de l'excellence de Pompidou.

Bianca m'adorait. Parce que je savais la réconforter, parce qu'elle ne doutait pas de mon amour pour son *bambino*. Et parce que j'avais une belle histoire à raconter.

J'avais rencontré son Marco deux ans plus tôt, quai Voltaire. Il sortait de chez Sennelier où il avait acheté des pots de couleurs, moi de chez un patient à qui j'étais venue faire une prise de sang. Nous nous étions rentrés dedans et nous avions sympathisé. Marco m'avait proposé de visiter son atelier, puis il m'avait invitée à dîner chez Septime. À cette époque, il avait malheureusement replongé dans la dope, mais comme l'amour faisait des miracles, je l'avais aidé à décrocher et nous avions emménagé ensemble. Je l'avais encouragé à poursuivre sa série de peintures et à les montrer au galeriste Bernard Benedick. Le soir, nous aimions commander du curry aux crevettes au Petit Cambodge et regarder des séries sur Netflix. Le dimanche, nous allions courir au Luxembourg, faire du vélo le long du canal de l'Ourcq, et parfois nous passions un week-end chez ma mère à Trouville. Durant les prochaines vacances, Marco m'avait promis de m'emmener voir les aurores boréales en Islande. Un gentil petit couple bobo dans la ville d'Hidalgo.

Pour Bianca, j'étais l'ange gardien qu'elle avait toujours espéré que le Ciel enverrait à son fils pour le remettre dans le droit chemin. L'élément stable qui avait réussi à bâtir un cadre sécurisant autour de la prunelle de ses yeux. Elle me trouvait rassurante : je n'avais pas les dents longues d'une femme de footballeur, la vulgarité d'une bimbo, la cupidité d'une michetonneuse des clubs des Champs-Élysées. J'étais une gentille infirmière, qui avait combattu « en première ligne » lors de la crise sanitaire et que le Covid avait transformée en héroïne du quotidien. J'étais altruiste, tournée vers les autres. J'avais été bénévole au centre d'accès aux soins de Médecins du monde à la Plaine-Saint-Denis (ce qui était vrai, même si ça n'avait pas duré longtemps). Mes parents étaient profs. Je pouvais tenir une discussion sur la peinture de la Renaissance, j'avais vu les films d'Antonioni et de Nanni Moretti, je savais qui étaient Mario Draghi et Matteo Renzi. J'étais une bonne fille du peuple telle que les riches se les représentent.

SENNELIER

Et si Bianca m'aimait, je dois bien avouer que c'était réciproque. L'Italienne me fascinait. Par sa gentillesse non feinte, par son mélange de simplicité et de distinction. Même dans l'épreuve, elle ne se départait jamais de son allure patricienne. La petite soixantaine, un visage régulier et reposé, des cheveux d'un blond à peine cendré, noués dans un chignon. Ses tenues reflétaient une élégance discrète et maîtrisée et à n'importe quelle place où elle s'asseyait, un rayon de soleil opportun finissait toujours par venir mettre en valeur son aura de madone.

Elle parlait un français impeccable, mais dans le feu de la discussion, lâchait fréquemment des bouts de phrases en italien. Bianca aimait raconter ses actions philanthropiques à travers le vaisseau amiral que représentait sa fondation. Tournée vers l'éducation, les arts et la lutte contre la pauvreté grâce au développement du micro-crédit, AcquaAlta Foundation avait des bureaux à Manhattan et à Turin et charriait des millions d'euros.

Mais son sujet préféré restait bien évidemment son Marco pour lequel elle se faisait tant de souci. À chacune de nos conversations, elle complétait par petites touches le portrait du fiston. Pour moi, une banale histoire de sale gosse de bourges. Pour elle, la trajectoire d'« un garçon formidable, intelligent et sensible » qui avait « *molto sofferto* ».

– *Non so se te l'ho detto, Angelica, ma* c'est la mort de sa sœur qui a tout fait basculer. Livia et Marco étaient très proches, presque fusionnels. Invincibles. Mais lorsque Livia nous a quittés, Marco a sans doute voulu la rejoindre. *Inconsciamente.* Il s'est mis à brûler sa vie, à remettre en cause notre autorité, à refuser d'envisager de travailler dans l'entreprise familiale et à tenir des propos gauchistes.

– *Per attirare l'attenzione di suo padre?* demandai-je en mobilisant mes restes d'italien du lycée.

– *Probabilmente! Ma* Lisandro ne l'a pas supporté. Il aime son fils, mais il préfère AcquaAlta, le fruit des entrailles de six générations de Sabatini.

– Votre mari souhaitait que ce soit Livia qui reprenne l'entreprise ?

– *Si.* Marco a toujours été trop doux, trop artiste. Il n'a jamais été à la hauteur des attentes de son père. D'où leur rupture depuis neuf ans. Mon mari est allé jusqu'à lui couper son allocation, même s'il se doute bien que c'est moi qui ai payé le loft de la rue de Bellechasse et qui…

La phrase resta en suspens, interrompue par la sonnerie du portable de Bianca. Elle décrocha et, à la lumière de son regard, je compris tout de suite que c'était l'hôpital.

Pour la première fois, les nouvelles de la santé de Marco étaient bonnes. Sa surinfection pulmonaire commençait à se résorber, son état général s'améliorait et le staff médical pensait que sa respiration pouvait redevenir autonome. Le visage de l'Italienne s'éclaira.

Dans l'excitation du moment, elle me serra l'avant-bras et mit le haut-parleur de son téléphone pour que nous communiions ensemble avec ferveur.

– On a déjà commencé à diminuer la quantité de médicaments et on va réduire la sédation, annonça le médecin.

– *È una notiza eccezionale ! Una grande speranza !*

– On va voir comment votre fils réagit, mais ça va prendre un peu de temps pour le ramener. On aimerait bien que vous soyez là, mademoiselle Charvet et vous. Le réveil se passe souvent mieux lorsqu'il y a des visages connus. Les patients sont moins désorientés.

2.

Bianca désirait se rendre à Pompidou tout de suite, mais le soignant l'en a heureusement dissuadée : le réveil serait très progressif et s'étalerait sur un ou deux jours. Mieux valait garder notre énergie pour demain où notre présence serait davantage utile. Bianca était aux anges, et trop excitée pour rester à ne rien faire. Dans l'intervalle, elle décida de consacrer l'après-midi à aménager plus confortablement l'appartement de son Marco pour en faire un cocon douillet dans lequel il pourrait reprendre des forces une fois de retour à la maison.

Le loft, c'était le point faible de mon plan. Avant la première visite de l'Italienne, j'avais transporté à la hâte quelques-unes de mes affaires rue de Bellechasse pour donner l'illusion d'une vie commune avec son fils, mais j'avais bien vu que ce n'était pas ce à quoi elle s'était attendue. J'avais alors bricolé une explication : Marco et moi partagions notre temps entre mon appartement et le loft.

Après une excursion dans les magasins de déco du boulevard Saint-Germain, nous passâmes le reste de la journée à nettoyer et réorganiser l'espace de l'atelier. Bianca et sa carte de crédit firent des miracles. Apprenant l'identité de sa cliente, le magasin Knoll proposa de lui prêter et de lui faire livrer le jour même des meubles d'exposition : table Saarinen, chaises Chandigarh, fauteuil Eames avec son ottoman, tapis clair à poils longs. L'appart aurait pu figurer en couverture d'*AD Magazine.*

J'étais fébrile. Une bourrasque inexorable allait foutre en l'air mon château de cartes. Pourtant je sentais en moi une force inconnue. Un feu qui, au lieu de me consumer, révélait des ressources inépuisables. J'aimais l'histoire que j'avais servie à Bianca. J'aimais ma nouvelle vie. Même si elle reposait entièrement sur un mensonge, ne serait-il pas possible d'ajuster la réalité pour la faire coller à mes fictions ? Lorsque les fées s'étaient penchées sur mon berceau, elles ne s'étaient pas attardées, mais elles m'avaient dotée d'un peu de jugeote et de ce petit grain de folie qui m'incitait aujourd'hui à prendre tous les risques.

Le soir venu, au moment de nous quitter, Bianca et moi tombâmes dans les bras l'une de l'autre. Je descendis avec elle dans la rue pour la raccompagner à son taxi. Elle m'étreignit une nouvelle fois, m'embrassa sur les joues, passa sa main dans mes cheveux, persuadée que nous étions à la veille de lendemains qui chantent. *Grazie Angelica, grazie figlia mia.*

Même une fois dans le véhicule, l'Italienne baissa sa vitre et continua à me parler. La vie de Marco allait repartir sur de bons rails. En fin de compte, cette expérience douloureuse serait positive. *I momenti belli e quelli difficili, non durano per sempre*[1].

Enfin le chauffeur démarra. Je répondis aux gestes d'au revoir de Bianca en lui faisant à mon tour de grands signes et, alors que la voiture avait disparu de mon champ de vision, je demeurai encore presque une minute sur le trottoir, ressentant un grand vide. Puis je remontai chercher mon sac dans l'appartement.

Comme chaque fois, je craignais de tomber sur la gardienne qui était rentrée de vacances. Mais la loge principale était dans l'autre bâtiment et la concierge – je ne l'avais croisée qu'une fois et elle ne m'avait pas adressé la parole – me donnait l'impression d'avoir une vision très minimaliste de son métier.

1. Ni les bons ni les mauvais moments ne durent toujours.

Je refermai la porte en silence et, alors que je m'avançais dans la pièce, je vis le fauteuil en cuir beige, nouvellement acquis, pivoter sur son axe. Surprise, je poussai un petit cri.

Stella Petrenko était assise au creux du *lounge chair*, les jambes croisées, elle me regardait avec un fin sourire accroché aux lèvres.

3.

– Si tu crois que je n'ai pas compris ton petit manège, lança l'ancienne étoile d'un ton mauvais.

– Ce n'est pas bien d'écouter aux portes, madame Petrenko.

J'essayai de ne pas montrer mon trouble, mais ce soir la danseuse me faisait peur avec son turban, ses bottes en feutre sombre et son immense châle noir qui l'enveloppait tout entière.

– Pigeonner la mère Sabatini en lui faisant croire que tu es la fiancée de Marco, c'est ça ton plan, n'est-ce pas ?

– Je crois que ça ne vous regarde pas.

– Si justement, je l'aime bien, Marco, moi.

Son visage s'était défait. On n'y trouvait plus aucune trace d'amabilité ou de bienveillance. Juste un sourire figé qui la faisait ressembler à une sorcière maléfique.

– Tu connais le concept de *Schadenfreude*, Angélique ?

– Dites-moi.

– C'est un mot allemand qui désigne le sentiment de joie que l'on éprouve en contemplant le malheur des autres.

Stella Petrenko fit apparaître une cigarette entre ses mains et l'alluma avec un drôle de Zippo orné de nacre.

– Tu sais, cette sorte de plaisir coupable que tu ressens lorsque des femmes plus belles que toi, plus jeunes, plus riches, plus solaires se prennent une bonne grosse tuile dans la gueule.

– Il ne suffit pas d'être heureux, encore faut-il que les autres soient malheureux, c'est ça ?

– Tu as tout compris.

Elle aspira une longue bouffée de tabac avant de continuer :

– Tu vois, quand les rides se creusent autour de tes yeux, quand tu n'arrives plus à perdre tes kilos, quand tes seins se ratatinent, quand le bas de ton visage s'affaisse comme s'il voulait se faire la malle, quand les mecs ne te calculent plus dans la rue…

Elle s'arrêta au milieu de sa phrase pour prendre une nouvelle taffe.

– … Ça vient vite, crois-moi, et c'est brutal – bref, quand tu comprends que tes belles années sont derrière toi et que ta vie ne sera plus traversée par beaucoup de passion, tu deviens aigrie et méchante. Et tu te rends compte un matin que tes plus grandes joies sont désormais les malheurs des autres.

— Ce n'est pas très glorieux.

— C'est vrai, mais c'est ainsi. Tu n'as plus de compassion ni de pitié. Au contraire, tu jubiles d'une joie maligne. Tu te dis que tu n'es pas la seule à avoir une vie de merde. Ça te console.

— Pourquoi vous me racontez ça ?

— Parce que je t'ai percée à jour tout de suite, malgré ta bonne tête et tes minauderies. Et tu sais quoi ? Je pense que tu es *comme moi*, habitée par une colère et un ressentiment terribles. Et là, tu te dis que tu as peut-être trouvé une porte de sortie à ta petite vie merdeuse qui te permettra de venir jouer dans la cour des grands.

— Mais vous, pourquoi êtes-vous en colère ?

Stella Petrenko eut un rire nerveux.

— Parce que j'ai été dans la lumière et que je n'y suis plus. Une fois que tu as goûté à ça, tout le reste te paraît fade. Quitter la scène, c'est terrible. Les artistes ne sont pas faits pour vivre dans l'ombre.

Comme en écho du venin de son propos, son apparence me rappela la figure incarnée par Gloria Swanson dans *Boulevard du crépuscule* : visage décrépit, cils enduits de mascara, bave aux lèvres, sourcils hauts en croissants de lune.

— Je vais aller la trouver, moi, la mère Sabatini, menaça-t-elle. Et je peux t'assurer d'une chose : elle sera très en colère de ce mensonge. Une mère *déteste* que l'on instrumentalise son fils, tu peux me croire.

— On s'égare, là, madame Petrenko. Je pense que l'on peut trouver un terrain d'entente.

— Je ne vois pas bien comment.

Je plongeai ma main dans le cabas en toile posé sur la table basse. À l'intérieur, une épaisse enveloppe toute blanche que je tendis à Stella Petrenko.

L'ancienne danseuse l'ouvrit et resta un moment bouche bée devant les liasses de billets de cinquante euros. Elle commença à les compter : une, deux, trois, cinq, neuf, dix…

— Il y a dix mille euros. C'est un bon terrain d'entente, non ?

Elle prit les liasses dans ses deux mains, les regardant comme un bijou précieux, approchant presque son nez pour les renifler.

— Où as-tu trouvé ce fric ? demanda-t-elle en comprenant qu'elle m'avait sous-estimée.

Elle releva la tête, parcourut des yeux l'appartement, et son regard s'illumina tandis qu'elle partait dans un grand rire.

— Tu as vendu les tableaux, c'est ça ? Tu as déjà vendu les trois tableaux de Marco, petite enflure !

8

Franchir le pas

L'Homme il est humain à peu près
autant que la poule vole.
Louis-Ferdinand Céline

1.

Après le départ de Stella Petrenko, je restai un long moment seule dans l'appartement, accoudée au balcon, toutes lumières éteintes.

Les odeurs âpres de peinture et de colle me montaient à la tête. Ce soir serait donc le moment de vérité. Je ne devais pas me mentir, l'obstacle était plus haut que je l'avais pensé. Il arrivait également plus vite, mais si je cédais à la panique, tout s'écroulerait. Il fallait à tout prix rester dans l'excitation et la dynamique positive de ces derniers jours. Ce réveil de capacités inexploitées que j'avais senti en moi et qui m'ouvrait des perspectives nouvelles. Je devais résoudre chaque problème après l'autre. Agir. *Maintenant.*

Je descendis par l'escalier. La nuit était chaude et lourde. Pas envie de me retrouver dans la fournaise du métro. Il y avait une station Vélib' un peu plus loin, rue Casimir-Périer. En apparence, un grand choix de vélos était disponible – les bleus à assistance électrique et les verts, les mécaniques – sauf que, comme chaque fois, aucun ne fonctionnait. La « ville apaisée », championne de la « mobilité douce » tant vantée par la municipalité, était en réalité une cité en voie de zadisation où tout était déglingué. Le flop de la gestion des vélos en libre-service en était un bon exemple : pneus crevés, roues volées, batteries en rade, chaînes cassées. En désespoir de cause, je montai sur une bicyclette à la roue voilée. Les freins faisaient un bruit d'enfer et une pédale menaçait de se détacher, mais c'était ça ou rien.

Allez, pédale ma fille.

L'air frais me fit du bien et l'effort dilua un peu mon angoisse. Rue de l'Université puis Solférino jusqu'à la Seine. Ensuite, il suffisait de longer la berge vers l'ouest. On était samedi soir. Les quais étaient noirs de monde. Dans une ambiance de fin d'été, les Parisiens faisaient la fête avec en arrière-plan la guinguette de Rosa Bonheur, la tour Eiffel ou le pont Mirabeau. L'alcool, la musique, la défonce, pour conjurer la pandémie, les masques, les tests et les menaces de confinement de cette crise sanitaire qui n'en finissait pas.

Après avoir dépassé le parc André-Citroën, je laissai mon vélo à la station de la place du Moulin-de-Javel et me dirigeai vers les bâtiments de l'hôpital.

2.

L'hôpital Pompidou est un empilement de blocs qui donne l'impression d'avoir été construit avec des briques de Lego géantes par un enfant pas très doué. Posant mon sac sur le banc d'un arrêt de bus, je sortis ma tenue d'infirmière que j'enfilai par-dessus mon jean et mon tee-shirt : blouse à boutons et pantalon médical à taille élastique.

Le toit en verre qui coiffait le patio central faisait toujours son petit effet. Il était vingt-deux heures. L'entrée des urgences ouvrant de l'autre côté, rue Delbarre, l'hôpital était plutôt calme. À travers la verrière filtrait une lumière bleue presque irréelle qui donnait au lieu des allures de vaisseau spatial.

J'accompagnais Bianca ici tous les jours depuis une semaine. J'avais donc eu le temps de mener des repérages et je visualisais tous les recoins du hall. Il y avait des vigiles, mais ils étaient obsédés par les règles administratives liées au Covid. Il y avait des caméras de surveillance, mais elles ne m'inquiétaient pas. Inutile de baisser les yeux. Se contenter d'adopter l'allure routinière de l'infirmière qui prend sa garde ou qu'on appelle en renfort.

Je tergiverse, hésite encore à aller plus loin. Mon plan repose sur une martingale dont je ne maîtrise pas tous les paramètres. J'ai pourtant bien conscience que rien ne changera si je ne suis pas capable de prendre des risques. Ça fait vingt ans que je guette ce moment. Vingt ans que j'attends qu'une fenêtre s'ouvre. J'ai toujours pensé qu'on a tous une fois dans l'existence l'occasion de changer de vie. Dans l'Antiquité, les Grecs appelaient ça le *kairos*: l'instant décisif qui pouvait tout faire basculer. Le battement de cils fugace où il fallait *agir* sous peine de laisser filer sa chance à tout jamais.

Agir.

Avant que la fenêtre ne se referme.

J'appuie sur le bouton pour appeler l'ascenseur. Direction le premier étage. Je tremble de tous mes membres. Il est encore possible de faire demi-tour. C'est comme si toutes les décisions que j'avais prises jusqu'à présent, les bonnes comme les mauvaises, n'avaient servi qu'à m'amener ici. À cette croisée des chemins où se joue la deuxième partie de ma vie et où je peux tout gagner ou tout perdre.

Les portes s'ouvrent sur les couloirs du service de réanimation.

Rappel de cet embryon qui complexifie mon schéma, l'odeur agressive de désinfectant et de bouffe mal réchauffée me donne des haut-le-cœur. Comme téléguidée, j'avance au milieu du labyrinthe entre les chariots métalliques, les brancards et les chaises en plastique jusqu'à la pièce où se trouve l'héritier. Grâce aux relations de papa, Sabatini bénéficie d'une chambre individuelle. Il faut que je fasse très vite. Un médecin, un aide-soignant, un infirmier peuvent débouler à tout moment. Je regarde «mon fiancé», allongé sur le dos, les paupières fermées par de minces bandes adhésives. Sa barbe et ses cheveux longs le font ressembler au Christ, avec l'enchevêtrement des perfusions et des cathéters en guise de couronne d'épines. Sur le moniteur du scope ondulent et scintillent les constantes vitales – fréquence cardiaque et respiratoire, pression artérielle, saturation en oxygène – qui témoignent de la santé retrouvée de mon chéri.

3.

Si je passe un jour devant une cour d'assises, je ne pourrai pas prétendre que mon geste n'était pas prémédité. J'ai bien fait mes devoirs, retourné le problème plusieurs fois dans ma tête, effectué des recherches, j'ai même appelé un copain réanimateur en essayant de ne pas avoir l'air d'y toucher. Ma première idée était d'injecter à Sabatini du potassium en intraveineuse rapide. Une banale seringue de KCL de cinq grammes utilisée généralement au long cours, pour recharger les hypokaliémies. En l'injectant d'un coup, la concentration plasmatique pourrait provoquer une bradycardie et une asystolie. Mais le potassium est dosé dans un ionogramme standard et se remarquera en cas de biologie *post mortem*. Hypothèse rejetée, donc.

Un étau barre ma poitrine. J'avale ma salive et respire un grand coup. Le plan que j'ai élaboré au fil de l'eau tient-il vraiment la route ? Et surtout, ai-je le cran de le mener à bien ?

Je sors une trousse médicale de mon sac à dos. À l'intérieur, une seringue protégée par un embout sécurisé. Le calcium fonctionne sur un autre principe que le potassium. Une injection rapide de six ou sept grammes de chlorure de calcium va entraîner une augmentation de l'excitabilité cardiaque avec une tachycardie ventriculaire puis une fibrillation allant jusqu'à l'arrêt du cœur. L'avantage : le calcium ne figure pas dans l'ionogramme standard. On ne le trouvera que si on le recherche *spécifiquement.*

Cap ou pas cap ?

Ne pas me dire que je me suis perdue. Me dire que c'est maintenant ou jamais. Me dire que je mesure très bien la portée de ce que je suis en train de faire. Et que je l'assume. On ne peut s'offrir un nouveau départ que par effraction.

Je plante l'aiguille.

Et je pousse un cri.

Putain !

Sabatini vient d'ouvrir les yeux malgré les bandelettes adhésives ! Il attrape mon bras de toutes ses maigres forces et me dévisage, mi-désorienté, mi-terrifié. Je me retiens de hurler, trouve le courage de soutenir son regard et appuie sur le piston.

Je suis consciente qu'il y aura un avant et un après.

Que je viens de franchir un point de non-retour.

Mais que c'était le prix à payer pour reconquérir ma vie.

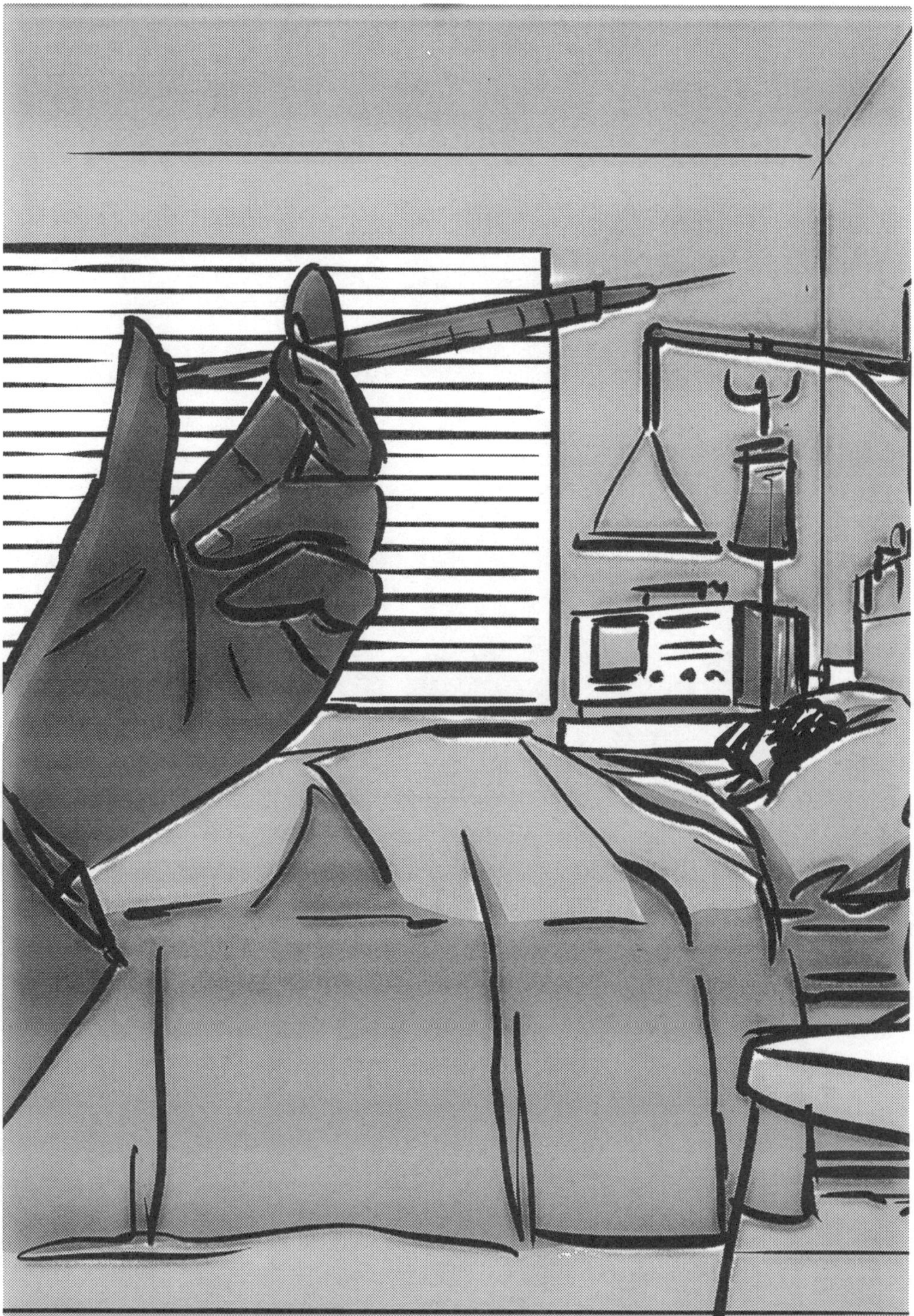

9

Une fille de la famille

Ce qui est terrible sur cette Terre,
c'est que tout le monde a ses raisons.
Jean RENOIR

1.

Mort de Marco Sabatini, emporté par le Covid-19

La Stampa – Avec AFP.

Le peintre Marco Sabatini, fils de Lisandro et Bianca Sabatini, est décédé à Paris des suites de complications liées au Covid-19.

Hospitalisé depuis plusieurs jours en réanimation à l'hôpital européen Georges-Pompidou, le jeune homme a vu son état se dégrader rapidement dans la nuit de samedi à dimanche.

Unique héritier du groupe de luxe AcquaAlta après la mort de sa sœur Livia en 2009, Marco Sabatini s'est toujours tenu éloigné des affaires de sa famille et s'était installé à Paris depuis plusieurs années. Son travail est exposé depuis 2019 par la prestigieuse galerie Bernard Benedick.

« Notre fils Marco est parti rejoindre sa sœur Livia », écrivent dans un communiqué sa mère et son père. *« Malgré les soins et l'engagement sans faille des équipes soignantes, malgré le courage dont il a fait preuve, Marco n'a pas eu l'énergie nécessaire pour remporter ce combat. »*

Comme tous les membres de sa famille, Marco Sabatini sera inhumé à Tortone (Piémont), fief historique de la dynastie depuis deux siècles.

Il était âgé de 31 ans.

2.

6 septembre 2021.

Lisandro Sabatini m'avait donné rendez-vous Chez Luca, un resto italien de la rue du Boccador. Il n'était que dix heures du matin, mais le restaurant avait ouvert pour lui. Une *trattoria* chic tout en boiseries sombres aux murs patinés vert amande et au sol en damier rouge et blanc.

Il pleuvait ce jour-là. Une chape de plomb et d'humidité empêchait Paris de respirer. La lumière de l'établissement était tellement tamisée qu'elle renforçait ce sentiment de claustrophobie. *L'Ingegnere* était assis au fond de la salle, sur une banquette en cuir noir derrière une petite table opalescente en marbre. Tout en élégance sobre et raffinée, l'homme d'affaires était fidèle aux photos que j'avais vues de lui sur Internet. Grande silhouette svelte, costume à larges revers taillés près du corps, mocassins Richelieu, chronomètre à résonance F.P.Journe porté au-dessus de la manche de chemise, à la Gianni Agnelli.

D'un geste de la main il m'invita à prendre place sur la chaise devant lui. Il me détailla quelques secondes, mais sans me mettre mal à l'aise.

– J'aurais aimé te rencontrer dans d'autres conditions, Angélique, mais ainsi va la vie. Bianca m'a dit combien tu l'avais soutenue ces derniers jours et je t'en remercie.

Je hochai la tête, essayant de garder mon calme, les yeux fixés sur le mur derrière lui où étaient accrochées des photos en noir et blanc de paysages arides des Pouilles et de Sicile.

Sabatini reprit, fataliste :

– Je ne peux pas te dire que je suis surpris par ce dénouement. Depuis longtemps je m'étais préparé à ce qu'on m'annonce un jour ou l'autre la mort de mon fils. J'aurais plutôt parié sur une overdose, un suicide, ou un coup de couteau donné par un dealer. Non, finalement, ça sera ce putain de Covid…

Il sortit de sa poche une photographie de Marco et de sa sœur dans la gloire innocente de leurs dix ans. Tout sourire, les deux enfants s'éclataient dans une piscine à balles multicolores. La joie de vivre inestimable de l'enfance.

— Je ne parlais plus à Marco depuis des années, mais je gardais dans mon cœur tous les moments heureux que nous avons partagés lorsqu'il était enfant.

Comme je ne disais rien, Lisandro s'agaça.

— Marco a dû te raconter les pires choses sur moi, mais rien n'est vrai. Malgré mes affaires, je n'étais pas un père distant, ni absent. Tous les matins, je les accompagnais à l'école, lui et sa sœur. Je supervisais quotidiennement leurs devoirs et je revenais en début de soirée pour leur raconter une histoire avant de repartir au bureau. Bianca et moi n'avons pas élevé nos enfants comme des princes, nous…

— Marco n'a rien raconté d'horrible sur vous, le coupai-je. Il vous reprochait simplement de ne pas lui avoir laissé le choix de sa vie.

— Le choix de sa vie ? Mais depuis quand on a le choix de sa vie ? Tu as eu le choix de ta vie, toi ?

Sabatini desserra son nœud de cravate.

— Sois honnête : Marco passait son temps à peindre des zombies aux yeux explosés ! Tu penses que c'est mieux que de gérer une entreprise qui emploie deux mille cinq cents personnes ?

— Vous prêchez une convertie, dis-je.

Ma réponse le surprit. Sabatini n'avait rien du vieux patriarche centenaire. Dans la force de l'âge, il arborait un léger bronzage méditerranéen, des tempes à peine blanchies, un regard clair aiguisé, et déployait une séduction austère et grave. Il aurait parfaitement pu faire lui-même la publicité pour les vêtements de luxe vendus par AcquaAlta.

— J'ai développé cette entreprise comme mon père et mon grand-père l'ont fait avant moi. Et comme cinq générations l'avaient fait avant eux. Et j'étais en droit d'attendre que Marco prenne sa part.

— Mais d'autres pouvaient reprendre le flambeau, non ? Bianca m'a dit que vous aviez deux frères et une sœur qui eux-mêmes ont des enfants.

— Ce n'est pas pareil, s'exclama-t-il. Ce ne sont pas *mes* enfants. J'espérais que Marco finirait par revenir au bercail. Qu'il s'endurcirait. Qu'avec l'âge, il serait fier de notre dynastie.

— Mais Marco n'était pas capable d'opérer une telle transformation. J'ai un peu enjolivé le tableau auprès de Bianca. La vérité, c'est que Marco n'était pas sorti d'affaire concernant la drogue. Il avait besoin d'un ange gardien vingt-quatre heures sur vingt-quatre.

L'Ingegnere se frotta les paupières.

— Tu as le mérite de la franchise et je te remercie d'avoir joué ce rôle. L'enterrement de Marco aura lieu à Tortone, sur les terres familiales. Si tu souhaites t'y rendre, tu seras la bienvenue.

— Je viendrai, bien sûr.

Je marquai une pause avant de jouer la carte la plus importante de mon plan.

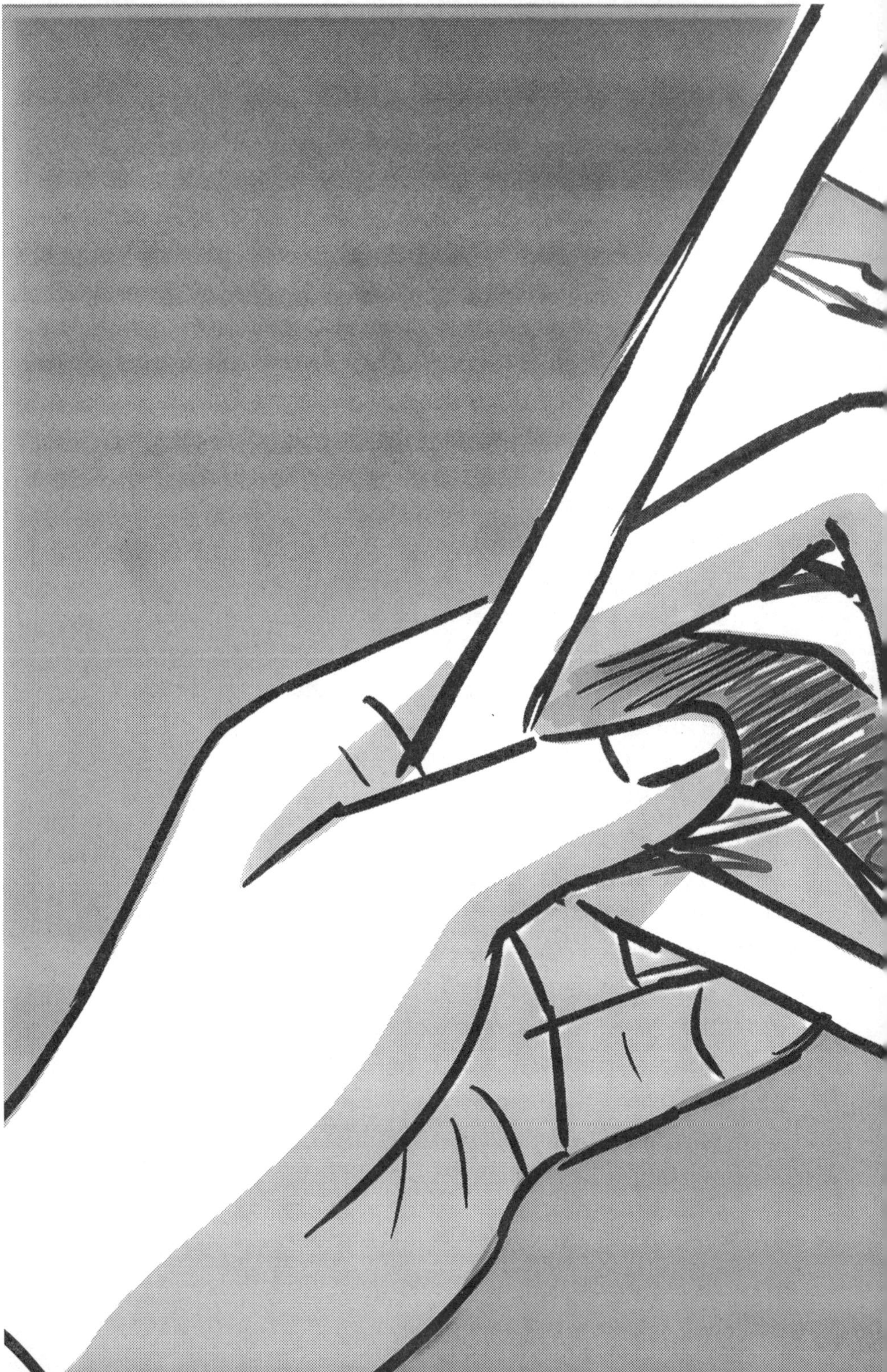

– Votre fils avait aussi des qualités, monsieur Sabatini. En dépit de vos désaccords, il vous admirait beaucoup et il souffrait de votre éloignement. Malgré ses problèmes, tout n'était pas noir dans sa vie.

À mon tour, je sortis une photo de mon sac que j'avais passée plusieurs jours à peaufiner sur Photoshop. Un cliché en noir et blanc nous représentant Marco et moi sur une plage déserte.

Je tendis l'image à Sabatini.

– Elle a été prise il y a trois semaines en Normandie. Nous étions si heureux.

Il la regarda un long moment, immobile, remarqua forcément la main de son fils posée sur mon ventre.

– J'attends un enfant de Marco, dis-je.

L'annonce vitrifia l'homme d'affaires. Ce fut comme si j'étais entrée dans le restaurant avec une grenade planquée dans mon sac et que je venais de la dégoupiller.

– Je vous rassure : je ne demande absolument rien à votre famille. Je ne vous réclamerai jamais d'argent. J'élèverai cet enfant seule et…

– Attends, attends, réclama-t-il en posant sa main sur mon avant-bras.

Je sais qu'il réfléchit à toute vitesse. Qu'il s'est levé ce matin avec la certitude que les jours à venir seraient pénibles. Que les *années* à venir seraient pénibles. Sans aucune joie. Crépusculaires. Mais qu'un changement d'orientation du vent vient peut-être d'ouvrir une éclaircie dans ce ciel amer. *Buon tempo e mal tempo non dura tutto il tempo*[1].

Je sais que comme moi Sabatini connaît le *kairos*. Comme moi il se dit que la vie lui offre une occasion inattendue de renverser la table. Une solution clés en main à tous ses problèmes : une réconciliation posthume avec son fils et un héritier pour lui succéder un jour à la tête d'AcquaAlta. À condition qu'il sache saisir cette chance. Maintenant ou jamais.

– C'est une magnifique nouvelle, ça, Angelica !

J'esquisse un sourire.

– Nous allons faire les choses bien. J'ai le bras long, tu sais. À Turin, j'obtiendrai pour Marco une reconnaissance posthume de paternité. Si tu es d'accord, naturellement.

Alors que j'acquiesce de la tête, *l'Ingegnere* se lève de sa banquette et me prend dans ses bras.

– Tu es une fille de la famille à présent.

3.

Le même jour.

Vingt-trois heures trente.

Je pensais naïvement que seul le premier meurtre coûtait vraiment. Celui qui vous avait projeté sur le

1. Beau temps et mauvais temps ne durent pas tout le temps.

territoire des assassins. Et que si vous deviez tuer de nouveau, vous vous contenteriez d'ajouter une encoche à votre tableau de chasse.

Évidemment, il n'en est rien. Mais je n'ai pas le choix. J'ai poussé un premier domino qui en a entraîné d'autres dans sa chute. Pour rester maîtresse de mon destin, il me faut tuer de nouveau. Dans mon viseur ce soir, Stella Petrenko. Celle grâce à qui tout a commencé. Celle à cause de qui tout pourrait s'arrêter.

En moins de dix jours, j'ai réussi l'impossible. J'ai repéré une brèche et je m'y suis engouffrée. J'ai imposé ma chance. J'ai tenté un coup de poker insolent et risqué. J'ai fait tapis et je suis sur le point de ramasser la mise. Petrenko est le dernier obstacle sur ma route.

Je sais comment vont tourner les choses si je ne fais rien. L'ex-danseuse étoile deviendra de plus en plus menaçante à mesure qu'elle se rendra compte de la réussite de mon plan. Elle me réclamera sans cesse plus d'argent. Quoi que je fasse, où que j'aille, cette épée de Damoclès planera au-dessus de ma tête.

Accroupie sur les toits de zinc, je me dis néanmoins que la mort de Stella est la dernière étape à franchir avant ma libération. J'ai emprunté l'escalier de service pour qu'elle ne sache pas que j'étais revenue. Une fois dans l'appartement de Marco, je suis ressortie par l'un des vasistas et j'ai failli me rompre les os. Je me suis glissée le long de la gouttière. Et depuis trois quarts d'heure, j'attends.

Au début, je tremblais de tous mes membres. J'avais peur de me rompre les os. À présent, j'ai des fourmis dans les jambes. Un envol de mouettes sorties de je ne sais où a bien failli me faire chuter de six étages, mais j'ai retrouvé mon équilibre de justesse. Contrairement à ce que je craignais, je ne suis pas très exposée. On est loin de *Fenêtre sur cour*. Dans l'immeuble d'en face, seul le deuxième étage est allumé. C'est quelque chose qui m'a toujours frappée : le nombre d'appartements inoccupés à Paris. Tant pis pour ceux qui dorment dehors, tant mieux pour moi. Il commence à être tard, et une demi-heure avant minuit, le 7e arrondissement n'est pas le quartier le plus animé de la capitale. Sans le voir, j'entends le bistrotier du coin de la rue qui range les chaises de sa terrasse en sifflotant.

Perchée sur mon observatoire d'ardoise et de zinc, j'ai une vue plongeante sur la terrasse de Stella Petrenko. En collant, jupette et justaucorps, la vieille est affalée sur sa bergère. Elle s'est roulé un pet' qu'elle a dégusté en gloussant puis s'est enfilé trois verres de bourgogne avant de s'assoupir vingt minutes. Enfin, elle se lève, se masse la nuque, s'accoude à son balcon, fredonne un air d'opéra :

Il était un roi de Thulé,
Qui, jusqu'à la tombe fidèle,
Eut, en souvenir de sa belle,
Une coupe en or ciselé…

Mon cœur cogne dans ma poitrine. Une boule remonte dans ma gorge.

Maintenant !

Je saute. Une chute d'un peu plus de deux mètres, mais qui reste à ma portée. J'atterris sur la terrasse, les deux mains plaquées au sol. Je me relève immédiatement.

Stella tente de se retourner, mais je l'attrape au niveau des genoux et la soulève de toutes mes forces pour la faire basculer au-dessus de la rampe. Son cri de protestation reste coincé dans sa gorge.

Trop tard.

Elle s'est déjà écrasée sur le trottoir.

Je jette l'arrosoir dans la rue et quitte la terrasse en escaladant le garde-corps pour regagner les toits.

Ça n'a pas été si difficile finalement.

III.

MATHIAS TAILLEFER

10

Sans laisser de traces

Les petites choses ont leur importance ; c'est toujours par elles qu'on se perd.

Fiodor DOSTOÏEVSKI

1.

Mercredi 29 décembre.

Mathias Taillefer releva le col de son manteau en sortant de la gare. Malgré sa gueule de bois, le flic avait fait un effort pour se lever tôt, se raser, enfiler une chemise propre et une veste. Il avait attrapé le RER B à la station Cité-Universitaire, non loin de chez lui. Une grosse demi-heure pour traverser Paris et pousser jusqu'à Aulnay-sous-Bois.

Il s'arrêta sur le parvis pour allumer une cigarette et entrer dans son iPhone l'adresse d'Angélique Charvet qu'il avait obtenue grâce à Nora Messaoud. Il tira quelques bouffées anxieuses, comme si le tabac avait le pouvoir de lui donner du carburant, puis examina l'itinéraire proposé par le GPS.

Dix heures du matin. Le ciel était clair comme du cristal, mais le froid polaire engourdissait tout. En cette période de vacances de Noël, l'agglomération avait perdu une bonne partie de ses habitants. Sous le soleil et le glacis de l'hiver, le centre d'Aulnay-sous-Bois offrait des visions contrastées, entre le 14e de Michel Audiard et la banlieue de Mathieu Kassovitz.

Progressivement l'ancien flic reconnut les lieux. Il était déjà venu ici dix ou quinze ans plus tôt, lors d'une enquête. Rien n'avait vraiment changé. Les traiteurs asiatiques ouvraient leurs magasins route de Bondy, des vigiles clopaient devant le Monoprix, un groupe de gars désœuvrés tenait les murs d'une association de quartier. Boulevard de Strasbourg c'était jour de marché. En prévision du réveillon, les Aulnaisiens se pressaient autour des étals dans une ambiance tendue. Masques, gel, distanciation : un nouveau variant bouleversait la France. La veille, pour la première fois, le nombre de contaminations avait dépassé la barre des deux cent mille. À deux jours de la Saint-Sylvestre, Omicron déchirait les familles : isolements forcés, affrontement entre pro et antivax, contraintes de plus en plus fortes pour se déplacer.

Essoufflé, Taillefer s'arrêta à une pharmacie pour acheter des comprimés d'Ésoméprazole et de l'aspirine vitaminée. Depuis son réveil, d'atroces brûlures d'estomac le faisaient souffrir. Il avait la tête lourde, mal aux cervicales et le moral à plat. Plus inhabituel, il avait du mal à fixer son attention. Ses pensées se dilataient, s'éparpillaient, se dérobaient. Des vertiges aussi : la réalité perdait en détail, le monde paraissait flotter autour de lui. Et son cœur qui s'accélérait, taraudé par une question : *Est-ce que je n'ai pas moi aussi chopé ce putain de virus ?*

En tant que transplanté cardiaque, il avait été parmi les premiers à recevoir une dose de vaccin. Pour les personnes comme lui, le risque de mortalité était multiplié en raison de la prise d'immunosuppresseurs. Persuadé que la peur de l'épidémie était plus dangereuse que l'épidémie elle-même, il s'était efforcé jusqu'à présent de ne pas trop s'inquiéter, mais l'évolution de la situation sanitaire changeait la donne.

En sortant de la pharmacie il s'arrêta à une buvette en plein air sur le marché pour acheter deux croissants et une petite bouteille d'eau. Il avait bien envie d'un café, mais son estomac n'était pas de cet avis et semblait lui murmurer : « N'essaie même pas. » Pendant qu'il avalait ses médicaments, son téléphone vibra. *Louise Collange.* Il se garda bien de décrocher. La dernière chose qu'il souhaitait était d'avoir cette gamine dans les pattes.

Il reprit son chemin jusqu'à un petit immeuble en pierre meulière à l'angle de la place du Général-Leclerc et de la rue Jacques-Chirac. Deux étages pas très engageants au pignon à pas de moineaux et à la façade noircie par la pollution.

Mathias n'hésita pas longtemps. Il poussa le portail grinçant et monta la volée de marches jusqu'à une

porte en bois ornée de ferronneries vieillottes. Il y avait deux sonnettes. La première au nom d'Angélique Charvet, la deuxième à celui d'une certaine Beatriz Barros. L'endroit était calme, mais son instinct de flic l'alerta d'un possible danger. Pour se rassurer, il eut besoin de sentir le contact de son SIG Sauer à l'abri dans sa poche velcro. Avant même que son doigt ne presse le bouton de la sonnette, la porte s'ouvrit sur un extraterrestre. Un colosse blond de presque deux mètres aux cheveux ondulés. Une trogne boursouflée qu'on devinait derrière un gros masque respiratoire à double filtre.

— Vous cherchez quoi ? demanda le géant.

Sa voix plutôt aiguë et nasillarde de héros de dessin animé cadrait mal avec son physique. Comme si le type venait de se shooter au gaz hilarant.

— Mathias Taillefer, brigade criminelle. Vous êtes ?

— József Vigazs, le propriétaire.

Une petite femme apparut derrière lui. Un mètre quarante, des cheveux très noirs. Une tête de souris hargneuse.

— Demande-lui sa carte, József.

Taillefer s'impatienta :

— Qui êtes-vous, madame ?

— Mónika Vigazs, sa maman.

Le flic se massa les paupières. Le duo n'allait pas lui faciliter la tâche, il le sentait.

— Je cherche Angélique Charvet.

— Elle n'habite plus ici.

— Discutons à l'intérieur, insista-t-il. Il fait froid.

Mais Musclor et sa daronne restaient immobiles devant la porte, bien décidés à ne pas céder le moindre pouce de terrain.

Taillefer déboutonna sa veste pour rendre visible le holster dans lequel reposait son semi-automatique et la paire de menottes attachée à sa ceinture.

— On peut aller au siège de la PJ si vous préférez. Rue du Bastion, aux Batignolles. Le bâtiment est neuf, je vous le ferai visiter.

La menace porta, et les deux chiens de garde consentirent à regret à s'effacer.

2.

Taillefer entra dans l'appartement du premier étage. Parquet bâché, escabeaux, tréteaux, pots de peinture. Le logement était en pleins travaux. C'était un deux-pièces amélioré avec un canapé, un lit et quelques meubles protégés par du film en polyéthylène.

— C'est ici qu'habitait Angélique Charvet ?

— Oui, répondit József après un échange de regards avec sa mère.

Il s'était débarrassé de son masque de chantier, dévoilant tout entier un visage ingrat : coupe en brosse, regard bovin, grosses joues couperosées.

– Elle a rendu son bail mi-septembre, précisa la souris. La locataire du dessus a fait pareil un mois après. On en profite pour remettre à neuf. Ça fait un gros manque à gagner, mais c'est la vie.

– Angélique Charvet a laissé une adresse en partant ?

– Non, rien du tout. Cette paillasse n'a même pas pris le temps de faire l'état des lieux de sortie. Ah, sa caution, elle n'est pas près de la revoir !

Physiquement, la femme se situait à l'autre bout du spectre par rapport à son fils : quarante-cinq kilos toute mouillée, des cheveux raides encadrant un visage émacié, un regard charbonneux qui vous transperçait, une voix claire qui portait. Difficile de croire qu'ils étaient parents.

– Pourquoi la police s'intéresse à elle ? demanda-t-elle.

Taillefer éluda :

– C'était quel genre de locataire ?

La souris ricana.

– Le genre mauvais payeur. Il fallait la relancer plusieurs fois pour qu'elle verse son loyer.

– Elle vivait seule ?

– Je pense, répondit József. En tout cas, chaque fois que je suis passé pour réparer quelque chose, elle était seule.

Taillefer déambula dans le salon.

– Ces meubles, c'est à elle ?

– Non, l'appartement était loué meublé. Seuls les livres sont à elle.

Taillefer s'arrêta devant la bibliothèque, soulevant le film plastique pour en examiner le contenu. Des romans contemporains, des classiques, des essais, des bouquins d'art, de socio, de médecine, des magazines de mode. Angélique était une grosse lectrice avec des goûts éclectiques. Il repéra plusieurs cadres photo sur les étagères. Des selfies artistiques jouant sur des portions de son visage, laissant deviner cinquante nuances d'Angélique depuis la frange blonde aux cheveux lisses jusqu'au carré ébouriffé auburn. *Egotrip* et narcissisme contemporain. Une fille solitaire qui préférait se mettre en scène elle-même plutôt que de dépendre du regard des autres. Une fille capable d'enfiler plusieurs identités. Changeante, caméléon. *Dangereuse, peut-être…*

En s'approchant de la fenêtre du fond, il remarqua un carreau cassé, provisoirement rafistolé avec un sac poubelle collé. Il se pencha pour découvrir que deux persiennes du volet avaient été arrachées.

– Il y a eu effraction ?

– La racaille, ici, ce n'est pas ce qui manque, lâcha Mónika Vigazs.

– Ça date de quand ?

– Après le départ de Charvet j'imagine. Ou alors, elle l'a cassé elle-même et s'est bien gardée de le signaler.

– Angélique a laissé autre chose ? Des habits ? Des papiers ?

– Cette porcasse a surtout laissé un bordel pas possible, se plaignit la proprio en reniflant.

Elle essuya un filet de morve avec sa manche et désigna d'un geste deux conteneurs de l'autre côté de la rue.

– Le ménage n'avait pas été fait et les poubelles débordaient de tous les côtés.

Le flic fronça les sourcils.

– Mais... vous n'avez nettoyé l'appartement qu'aujourd'hui ?

– On a commencé avant-hier, et on n'a même pas fini. Avec le tri sélectif et les jours fériés, tout le carton est encore là-bas.

Trop beau pour être vrai. Taillefer sortit de l'immeuble, traversa la rue en trottinant et ouvrit les deux bacs. Il renversa le contenu sur le trottoir et s'attaqua à la fouille. Le travail était ingrat, mais il le fit sérieusement sans savoir très bien lui-même ce qu'il cherchait.

Les déchets d'Angélique Charvet n'avaient rien d'exceptionnel. La fille ne faisait pas semblant d'être écolo et aimait commander sur Internet. On y trouvait des cartons et emballages de marques à la mode – Sézane, Rouje... – mais aussi quantité de canettes de Corona, des bouteilles d'eau en plastique, des piles, du polystyrène de calage. Après dix minutes d'exploration, Taillefer fit une pause. L'air glacé lui congelait les poumons et lui collait des frissons dans tout le corps.

Par contraste son front brûlant lui donnait l'impression d'avoir le cerveau en fusion. Même s'il avait sans doute surestimé les résultats d'une telle entreprise, il frotta ses mains l'une contre l'autre pour se donner du courage et reprendre son travail. Il examina la paperasse qu'il avait mise de côté. Fiches de paie, factures, quittances de loyer, relevés bancaires du Crédit mutuel : les documents financiers témoignaient d'une situation financière bancale, mais banale.

Une lettre déchirée – comme on s'en envoyait avant que le numérique cannibalise nos vies – attira son attention. Il jeta son mégot, s'agenouilla et étala les morceaux de papier sur le trottoir pour reconstituer le puzzle. C'était une longue missive adressée à Angélique par un amoureux transi. Un certain Corentin Lelièvre. Taillefer plissa les yeux pour déchiffrer la calligraphie. Le mec avait dû prendre cher. Sa prose dégoulinante ressassait sa souffrance d'être rejeté par celle qu'il aimait. Il suppliait l'infirmière de lui donner une autre chance. Le flic glissa la lettre dans sa poche. Elle lui inspirait un mélange de dégoût et de compassion. Il se trompait peut-être, mais il n'imaginait pas Charvet avec ce scribouillard mollasson perdu dans son époque. Il se remit debout, épousseta sa veste et son pantalon avant de remettre les déchets restants dans les conteneurs.

Il savait qu'il ne trouverait rien d'autre. Dans le train, ce matin, il avait constaté que la présence d'Angélique

Charvet sur Internet était limitée. Nora Messaoud jurait qu'elle avait vu à l'époque un compte Instagram, mais il avait dû être fermé.

L'oiseau s'était envolé. Définitivement.

Il ramassa un dernier carton et voulut faire le malin en essayant, comme au basket, de mettre un panier dans le conteneur, mais la boîte rebondit sur le rebord du bac et retomba sur le trottoir. C'est en la ramassant qu'il constata qu'elle contenait un bâtonnet en plastique. Il crut d'abord que c'était un test Covid usagé, mais en y regardant de plus près, il comprit son erreur. C'était un test de grossesse. Positif.

Taillefer rabattit le couvercle du conteneur, pensif. Il se désinfecta les mains avec une longue giclée de gel hydroalcoolique. Pas le moment de tomber malade. Il ne put s'empêcher d'esquisser un sourire. Cinq ans après sa mise à l'écart de la police, il avait enfin de nouveau une enquête à résoudre. Il tenait une piste ténue, mais intéressante. Il connaissait cette impression de flou, ces images confuses, ces fils qui formaient en apparence une pelote impossible à démêler. Ça ne l'effrayait pas. Tôt ou tard un élément viendrait remettre de l'ordre dans cette confusion. Mais où se trouvait cette pièce du puzzle ? Dans l'appartement de Stella Petrenko ? Il avait été trop négligent lors de sa visite. Par pudeur, il n'avait pas mené la fouille aussi loin qu'il aurait dû. Mais ce n'était que partie remise.

3.

Louise mit son clignotant et s'engagea dans la rue de Bellechasse. Pour la première fois depuis qu'elle venait ici, elle eut l'embarras du choix pour trouver une place. Jamais Paris ne lui avait semblé si vide, expurgé de ses touristes, dévitalisé par l'épidémie. Avec leurs décorations de Noël déplumées, les rues du quartier de Saint-Thomas-d'Aquin ressemblaient à un décor de cinéma. Cinecittà sans les figurants.

Elle se gara juste à l'angle de la rue Las-Cases, pénétra dans l'immeuble désert et appela l'ascenseur pour monter au cinquième. Elle n'avait presque pas dormi de la nuit, frustrée par le manque d'avancement de son « enquête ». Fatiguée d'évoluer dans ce brouillard, elle avait pris la décision d'oser affronter le fantôme de sa mère. Pour ça, elle devait avoir le courage d'aller sur le terrain le moins reluisant, celui de la vie privée de Stella Petrenko. Concrètement, ça signifiait d'abord passer son appartement au peigne fin sans avoir peur d'y trouver le « misérable petit tas de secrets » que chacun traîne avec soi.

Elle referma la porte à clé derrière elle et abandonna son sac à dos sur une chaise. Malgré le soleil qui éclaboussait le parquet, l'appartement était glacial. Louise alluma les radiateurs et les poussa à fond. Elle raccrocha au mur le tableau de Sabatini et, en attendant que l'endroit se réchauffe, elle versa de l'eau dans la cafetière et se prépara un long expresso. Un peu plus tôt, elle avait téléphoné à Taillefer pour lui demander son aide, mais le flic l'avait ignorée. Tant pis, elle était suffisamment intelligente pour se passer de lui.

Elle but son café à petites gorgées, les yeux dans le vague, en repensant au parcours de sa mère, marqué par le travail et la désillusion. Depuis qu'elle était toute petite, la vie de Stella Petrenko n'avait obéi qu'à un seul but : accéder au statut de danseuse étoile de l'Opéra de Paris. Avec le recul, cet objectif se révélait à Louise comme la racine de toutes les frustrations qui avaient empoisonné la vie de sa mère. Si on regardait les choses en face, cette abnégation, ces milliers d'heures de travail intense avaient engendré plus de douleurs que de joies. Très vite, Stella avait su qu'elle n'était pas la plus belle des danseuses, pas la plus gracieuse, pas la plus douée. Mais elle avait gravi toutes les marches au forceps. Elle avait gagné son titre d'étoile à l'usure. D'aussi loin qu'elle s'en souvienne, Louise l'avait toujours entendue dire qu'elle l'avait « arraché avec les dents ».

Le drame de Stella, c'était qu'elle ne voulait pas seulement être aimée, elle voulait être *préférée*. Car elle pensait sincèrement qu'elle avait plus de mérite que les autres. L'Ukraine, le déracinement de sa famille, Marseille, les journées d'entraînement de dix heures, le corps ravagé, l'accident, les blessures. Stella n'avait jamais dansé sans avoir mal quelque part. Sa carrière avait été un véritable chemin de croix, mais pour aller où ? Quelques battements d'ailes fragiles au firmament et déjà il fallait céder sa place avant de s'éteindre à jamais.

Sa retraite de l'Opéra avait précipité sa chute et ce n'étaient pas les cours qu'elle avait pu donner ensuite à la Ménagerie de Verre qui avaient inversé le sort. Marie-Agnès Gillot, Aurélie Dupont, Sylvie Guillem, Marie-Claude Pietragalla avaient su se réinventer et rester au sommet. Stella Petrenko, non. Toujours au bord de la rupture, physique et émotionnelle, elle avait vécu ce grand vide comme une sidération. Comment la vie osait-elle lui reprendre si vite ce que Stella avait mis des années à lui soutirer ?

Louise s'était inquiétée pour elle. Sa mère n'avait rien construit. Depuis Laurent Collange, aucun homme ne s'était vraiment attardé dans sa vie. Lorsqu'elle lui rendait visite, Louise la trouvait seule et malheureuse, pleine de ressentiment, contaminée par une immense amertume de moins en moins contenue.

Le plus étrange, c'est que Stella n'était même pas sa mère biologique. Sa « génitrice » – comme disait son père – était en réalité une ancienne flûtiste de l'Orchestre de Radio France. Une femme instable, au parcours chaotique, plusieurs fois admise en hôpital psychiatrique entre l'Allemagne et les Pays-Bas. Elle avait partagé la vie de son père, Laurent Collange, au début des années 2000, et était tombée enceinte sans l'avoir voulu.

Elle avait tergiversé, mais choisi sans enthousiasme de garder l'enfant. Sa grossesse avait été un calvaire et l'arrivée du bébé avait précipité les choses. Quinze jours après la naissance, elle était partie pour Berlin, abandonnant son nouveau-né à son conjoint. Elle avait vécu quelque temps dans un squat avec des militants du groupe Apokalypse, un mouvement allemand de désobéissance civile qui luttait contre l'inaction des États par rapport à la souffrance animale et au changement climatique.

Laurent Collange avait perdu sa trace à ce moment-là et ne l'avait jamais revue. Stella était entrée dans sa vie quand Louise avait six mois. La ballerine avait élevé Louise comme si c'était sa fille. Il n'y avait pas eu de mensonge à proprement parler, mais comme la flûtiste ne s'était jamais manifestée pour revoir l'enfant, elle avait disparu des pensées et des conversations. Jusqu'à ce jour de 2010 où Laurent Collange avait reçu un appel des Pays-Bas pour le prévenir que son ancienne compagne était décédée d'un cancer du sein dans un hôpital de Rotterdam. Triste épilogue d'une vie grisâtre. Le père de Louise avait attendu qu'elle ait quinze ans pour lui révéler la mort de sa mère biologique. Cette histoire qui avait existé en lointain filigrane pendant toute son enfance et son adolescence n'avait pas altéré les sentiments que Louise portait à Stella Petrenko. Elle n'avait pas d'autre mère. Elle était bien allée à Rotterdam l'année précédente pour rencontrer sa grand-mère biologique, mais le courant n'était pas passé. Rien à se raconter. Pas d'histoire commune. La froideur et l'indifférence des Bataves l'avaient confortée dans l'idée de l'importance de ses racines et de son amour pour Stella, sa seule et unique mère malgré tous ses défauts.

4.

La jeune fille rinça sa tasse dans l'évier et s'attela à la tâche qu'elle s'était fixée : fouiller l'appartement de fond en comble. Comme dans les perquisitions qu'on voyait dans les séries télé, elle démonta la chasse d'eau, examina les lattes du parquet, ouvrit les tiroirs, retourna les piles de vêtements, passa en revue le contenu de tous les placards, compulsa la paperasse du bureau, inspecta le four, la hotte aspirante, dévissa les tubes des lampadaires, sonda le plafond, les cloisons jusqu'à…

Un bruit creux l'intrigua dans le mur de séparation de la cuisine semi-ouverte. Elle réussit à faire pivoter un cache en verre opalescent pour découvrir un espace entre les deux cloisons. En y braquant la torche de son téléphone, elle vit qu'on y avait dissimulé deux enveloppes.

Il n'est point de secrets que le temps ne révèle, pensa-t-elle, en faisant glisser sa main pour attraper les plis entre son index et son majeur. Le premier était une épaisse enveloppe cartonnée en papier blanc texturé. Elle contenait des liasses de billets de cinquante euros. Louise renversa le contenu sur le comptoir en granit et évalua rapidement le butin. Il se montait exactement à dix mille euros. *Des économies ?* En examinant l'enveloppe de plus près, elle repéra un timbre sec dans l'un des coins. Un logo composé de deux « B » entrelacés. Elle se souvenait de ce monogramme : c'était celui de la galerie de Bernard Benedick. *Peut-être le paiement d'un tableau de Marco Sabatini que lui aurait vendu Stella ?* Mais dans ce cas, pourquoi le galeriste ne lui en avait-il pas parlé ?

La deuxième enveloppe, plus petite, ne contenait qu'une clé USB. Elle sortit son notebook de son sac à dos et s'assit sur une chaise devant le bureau du salon. Elle brancha le périphérique à l'ordinateur avec une certaine appréhension. Il n'y avait qu'un seul dossier, sans titre, contenant une dizaine de films durant chacun moins de trois minutes. Elle en lança un au hasard et, dès les premières images, porta ses mains devant la bouche. On y distinguait, filmés de loin, les ébats de sa mère avec un homme qu'elle ne connaissait pas. Elle ouvrit le deuxième fichier puis le troisième, puis…

Tous les films étaient du même tonneau. Seul le partenaire sexuel de sa mère était différent. Au prix d'un énorme effort, elle essaya de garder une distance avec ce qu'elle venait de visionner. Premier constat : ce n'étaient pas des images d'agression. Stella ne paraissait pas non plus être sous l'emprise d'une substance. Mais il ne s'agissait pas non plus d'une simple collection de *sextapes* élaborée au fil des années. D'abord, les images étaient récentes, toutes datées de ces derniers mois. Ensuite, le décor était toujours le même : le canapé du salon. Enfin, elles avaient été filmées de loin, avec une sorte de téléobjectif forcément pointé sur… la pièce où elle se trouvait à ce moment précis. Elle rabattit l'écran d'un coup sec et leva les yeux. Le soleil avait disparu derrière une accumulation de nuages noirs. L'appartement était à présent plongé dans une obscurité tombante. *Merde.* Louise se sentait observée. Le type qui avait filmé les scènes avec sa mère n'avait pu le faire que depuis un observatoire *de l'autre côté de la rue*. Elle se précipita vers la porte-fenêtre pour tirer les rideaux avant de se rapatrier dans la cuisine. Elle avait peur. Elle s'était crue maligne et fiérote en fouillant l'appartement, mais quelqu'un d'autre tirait les ficelles. Un marionnettiste qui, en cet instant, devait bien se marrer derrière sa fenêtre.

Elle resta un long moment immobile dans le silence. Qui avait tourné ces films ? Et surtout, dans quel but ? Faire chanter sa mère ? Mais en quoi ces images étaient-elles compromettantes ? Stella avait toujours eu une vie amoureuse multiple et assumée. Le silence angoissant se prolongea, bientôt interrompu par le feulement de l'ascenseur qu'on avait appelé aux étages

inférieurs. Et si le type qui l'observait avait décidé de venir lui régler son compte ? Non, cette crainte était totalement irrationnelle. Malgré tout, Louise se recroquevilla dans un coin de la cuisine et tendit l'oreille. Le bruit de l'ascenseur se précisa et s'arrêta au cinquième. *Merde.*

Elle entendit des pas lourds dans le couloir qui se rapprochaient. Puis elle vit la poignée intérieure se baisser et la porte vibrer sous les assauts de l'intrus. Elle se mordit le poing pour ne pas crier. *Que faire ?*

À nouveau le silence s'installa avant qu'un cliquetis métallique se fasse entendre. Le type était en train d'essayer de crocheter la serrure avec un kit de serrurier. Cette fois le danger était trop proche. Louise cria. « Au secours ! Au secours ! » Plusieurs fois. Les hurlements n'eurent pour seul effet que de presser l'agresseur et l'inciter à changer de méthode d'effraction. À présent, il essayait d'enfoncer la porte. Deux coups de boutoir ébranlèrent le panneau de bois et le troisième l'arracha de ses gonds et fit sauter le verrou. Louise se terra sous le comptoir. Un dernier coup de pied acheva la porte et la silhouette d'un homme apparut dans l'embrasure.

C'était Mathias Taillefer.

11

Hikikomori

Faute de vraie vie, on vit de mirages.
C'est toujours mieux que rien.
Anton Tchekhov

1.

— Vous m'avez fait peur, putain ! hurla Louise en sortant de sa cachette.

— C'est toi qui m'as fait peur, répliqua Taillefer. Pourquoi tu t'es mise à crier comme ça ?

Il entra dans la pièce, regarda la porte qu'il venait de défoncer et essaya vainement de la remettre en place.

— Qu'est-ce que vous foutez là ? piailla la jeune fille.

— Calme-toi.

— Pourquoi vous ne répondez pas à mes appels ?

— Je t'ai apporté des croissants, dit-il en agitant le sac en papier qu'il trimballait depuis le marché d'Aulnay.

— Mettez-les-vous au cul, vos croissants !

Elle partit dans la salle de bains en claquant la porte.

Le flic soupira. Dire que certains se coltinaient des ados tous les jours à la maison. Il fallait vraiment être maso. Il se réchauffa les mains sur un radiateur. Les médocs commençaient à faire effet. Il se sentait beaucoup mieux. Bien plus vaillant. Le miracle de la chimie. Il s'autorisa même un café pour sortir tout à fait du brouillard. Alors qu'il insérait une capsule dans la machine, son regard tomba sur les dix mille euros posés sur le comptoir. D'où venait tout ce cash ? Il remarqua l'ouverture dans le mur, trouva l'enveloppe décachetée avec les initiales « BB » et fit mentalement le lien avec Bernard Benedick. Louise Collange l'avait devancé dans la fouille de l'appart.

— Allez reviens ! cria-t-il. J'ai des infos pour toi.

Pas de réponse. Il en profita pour connecter son téléphone à l'imprimante Wi-Fi et tira une photo d'Angélique Charvet. Une copie d'écran en noir et blanc du portrait de la fiche LinkedIn de l'infirmière. La seule trace d'Angélique qu'il avait trouvée sur le Net.

Louise le fit lanterner trois bonnes minutes avant de pointer son nez, la moue boudeuse. Pour la mettre en confiance, Taillefer lui détailla la piste d'Angélique Charvet qu'il avait remontée jusqu'à Aulnay-sous-Bois.

— Tu l'as peut-être déjà rencontrée en rendant visite à ta mère ?

Louise secoua la tête. Taillefer comprit qu'elle était sous le choc.

— Tu as trouvé autre chose dans le mur ?

— Une clé USB.

Elle alla chercher son ordinateur sur le bureau et lança le premier film.

Taillefer ouvrit des yeux ronds, comprenant pourquoi la jeune fille était si bouleversée lors de son arrivée.

– Les autres films sont du même acabit, prévint-elle. Seul change le partenaire.

Taillefer sortit son portable et captura par réflexe trois clichés de la scène. Il se gratta la tête. L'enquête prenait de nouveau une direction inattendue. Ça sentait le chantage, les histoires de mœurs… Des choses avec lesquelles il n'avait jamais été à l'aise. Mais ce qui le gênait le plus, c'était l'angle de prise de vue.

Il se leva d'un bond et sortit à la hâte sur la terrasse. Par un jeu de lumière, il repéra une fenêtre dans l'immeuble d'en face où on venait de baisser le store. À l'endroit même où il avait aperçu un reflet lorsqu'il était venu ici hier après-midi.

– Toi, tu restes ici, dit-il en se tournant vers Louise, moi, je vais aller rendre une visite à notre voyeur.

– Pas question, je vous accompagne.

– Non, ça peut être dangereux. On ne sait pas sur quel dingue on peut tomber et…

– Vous me protégerez, le coupa-t-elle en pointant du menton le SIG Sauer logé dans son étui.

Taillefer grimaça, mais ne perdit pas son temps à la raisonner. *Enfin de l'action !* Il se sentait requinqué, prêt au combat. Il se précipita dans l'escalier, traversa la rue comme un chien fou et se mit à sonner à tous les interphones de l'immeuble d'en face, répétant d'une voix menaçante sa phrase fétiche : « C'est la police ! C'est la police ! »

2.

La porte finit par s'ouvrir. Avec Louise dans son sillage, il délaissa l'ascenseur et fila jusqu'au cinquième étage où une femme les attendait, l'œil méfiant, à demi cachée dans l'embrasure de la porte.

Dès l'entrée, le flic avait repéré le nom sur la sonnette : Carine Leblan. Teinture rousse, coupe au carré, la cinquantaine fatiguée, à l'étroit dans sa doudoune. Une écharpe nouée autour du cou, elle semblait sur le départ.

– Madame Leblan ?

Elle paraissait terrorisée.

– Vous venez pour Romuald, c'est ça ? demanda-t-elle, tremblante. Qu'a-t-il encore fait ?

Taillefer essaya de forcer le passage.

– Vous permettez qu'on entre un moment ?

Sans attendre la réponse, il se glissa dans le couloir qui conduisait à un petit salon triste et un peu vieillot.

– C'est chez vous, ici ?

– Oui. Que me voulez-vous, enfin ?

Carine Leblan avait retiré son écharpe et ouvert sa doudoune.

— C'est vous qui avez pris ces photos ? demanda Taillefer en lui mettant presque par surprise l'écran de son téléphone devant les yeux.

— Quelle horreur ! Non ce n'est évidemment pas moi !

— Pourtant c'est vu de vos fenêtres. Vous savez qui les a prises ?

— Je suppose que c'est mon fils, Romuald, soupira-t-elle.

— Votre fils ? Quel âge a-t-il ?

— Bientôt vingt ans.

— Il est ici ?

— Il est dans sa chambre, mais…

— Je veux lui parler. Tout de suite.

Nouveau très long soupir.

— Avant que vous interrogiez Romuald, il faut que je vous replace les choses dans leur contexte.

Carine Leblan paraissait épuisée. Chaque mot lui coûtait. Elle se traîna jusqu'à la cuisine et alluma une bouilloire. Louise et Taillefer l'avaient suivie. Le flic allait enchaîner avec une question lorsque Louise, d'un coup d'œil éloquent, lui intima le silence.

— Vous voulez un thé ?

— Volontiers, répondit la jeune fille.

— Et vous ?

Taillefer grommela une réponse inaudible que Carine Leblan décida de prendre pour un « oui » puisqu'elle plaça trois tasses sur la table.

– Mon mari était prof de français dans un collège du 92, commença-t-elle, le regard vissé sur l'eau en train de bouillir. Comme beaucoup d'enseignants, il vivait très mal les mutations de son métier et l'abandon de l'Éducation nationale. Ces dix dernières années, il errait dans sa propre vie dans un état d'épuisement généralisé.

Carine Leblan parlait d'un filet de voix, la gorge manifestement serrée :

– Il avait le sentiment d'être une merde et répétait constamment : « Comment a-t-on pu en arriver là ? » Autrefois très engagé au Parti socialiste, il avait coupé les ponts avec ses anciens amis politiques, abasourdi par les dérives de la gauche identitaire. Il était perdu, vivait dans sa chair l'évolution mortifère de nos sociétés déchirées. Il ne comprenait pas pourquoi les gens étaient devenus incapables de se parler, de vivre ensemble, de trouver des solutions aux problèmes communs.

Le voyant de la bouilloire s'éteignit. Taillefer s'impatientait. Carine sortit trois sachets mousseline d'une boîte en carton, qu'elle plaça dans les mugs.

– En janvier 2020, un lundi matin, mon mari s'est immolé dans son établissement après une altercation avec un élève. L'affaire a fait beaucoup de bruit. Des petites crevures ont filmé la scène et l'ont diffusée sur les réseaux. Ce drame a ravagé mon fils. Depuis la mort de son père, il n'est plus sorti de sa chambre.

Louise écarquilla les yeux. Taillefer resta impassible.

— Mon fils n’a jamais été très sociable. Ça fait dix ans qu’il passe ses journées devant ses écrans. Il est doué, mais cette obsession lui a fait faire un nombre incalculable de conneries. Vous le savez peut-être déjà, mais il a un casier judiciaire.

Taillefer cacha sa surprise, se contentant de hocher mollement la tête d’un air entendu. Carine précisa :

— Lorsqu’il était en terminale, il a piraté Parcoursup, la plate-forme web qui gère les affectations post-bac, pour permettre à une fille qu’il voulait impressionner d’obtenir la formation qu’elle souhaitait.

Elle versa l’eau bouillante sur les sachets de thé avant de continuer, fataliste :

— Mais là, on a passé un nouveau stade. Romuald a lâché ses études. Il n’a pas d’amis, il est totalement désocialisé. Depuis deux ans il passe ses journées retranché dans sa chambre, à dormir, regarder des séries et à surfer sur le Net. Parfois, il n’ouvre même pas les rideaux de toute la journée. Il est capable de rester une semaine sans se laver et urine dans des bouteilles en plastique. Il refuse de voir un psy, je suis à bout. J’ai peur que la cassure soit définitive et qu’il ne retrouve jamais une vie normale.

Louise était captivée par le récit, Taillefer sceptique. Des années qu’il lisait des articles sur les *hikikomori*, les jeunes reclus volontaires au Japon. Chaque fois la même réflexion traversait son esprit : *Il y a des coups de pied au cul qui se perdent.*

– Pourquoi vous ne le secouez pas ? demanda-t-il en soufflant sur son thé.

– La violence, toujours…, soupira Carine Leblan.

– Foutez-le dehors et coupez-lui les vivres, s'échauffa Taillefer. Vous allez voir qu'il va se resocialiser en vitesse. En tout cas, ces informations ne le dispensent pas d'être interrogé.

– Interrogez-le, bien sûr, mais allez-y mollo. Ah, une dernière chose : vous allez voir, Romuald déteste les flics.

3.

Taillefer poussa la porte de l'antre du geek avec l'envie d'en découdre. Première surprise : les proportions généreuses de la pièce. Le gamin avait sans doute annexé la plus grande chambre de l'appart. Un vaisseau de vingt-cinq mètres carrés avec une vue d'enfer sur les toits.

Deuxième surprise : le physique de Leblan. Il s'était imaginé tomber sur un type de la taille d'un basketteur, mais Romuald était un petit modèle et ne faisait pas ses vingt ans. Avec sa chemise en denim ouverte sur un tee-shirt des Foo Fighters, il ressemblait à un lycéen enrobé mal dégrossi. Un ado boutonneux à lunettes avec une drôle de coupe au bol sous une casquette de base-ball et des yeux arrondis fuyants. Coup de chance : il avait l'air de s'être lavé récemment et aucune bouteille de pisse ne traînait dans les parages.

— Salut Romuald, je m'appelle Louise, se présenta la jeune fille.

Leblan se frotta les yeux. Pieds nus dans des claquettes, il était assis derrière trois grands écrans disposés en arc de cercle autour d'un MacBook Pro recouvert de stickers. Il avait dû entendre la conversation de sa mère avec le flic, mais marqua une surprise en découvrant la jeune fille.

— Et moi, je suis la police, annonça Taillefer.

Les deux gamins se regardaient, un peu hypnotisés l'un par l'autre. Mathias en profita pour faire le tour de la pièce. Au mur, quelques affiches revisitées de films qu'il connaissait – *Rencontres du troisième type*, *Robocop* – et d'autres dont il n'avait jamais entendu parler – *Le Prestige*, *Bienvenue à Zombieland*. Les étagères ployaient sous les piles de livres : BD, mangas, romans de science-fiction, ouvrages sur la magie et le mentalisme. Le flic avait la phobie du désordre et cette chambre l'oppressait malgré son espace. Il y avait trop de bordel, trop d'objets entassés, de la guitare Gibson Firebird au synthé Roland Juno en passant par une figurine ébréchée de Goldorak. Où le geek trouvait-il l'argent pour se payer tout ça ?

— Ça sent le fauve ici ! lança-t-il en ouvrant la fenêtre en grand.

Un courant d'air glacé déferla dans la pièce.

— Hé, ça caille, geignit Romuald.

ROBOCOP

— Ça va te faire du bien, assura le flic. Ça va t'aérer le cerveau et c'est très bon pour la mémoire, tu vas voir.

Taillefer s'approcha du môme et fit valser sa casquette.

— On ne garde pas son couvre-chef à l'intérieur, bonhomme. On ne t'a pas appris ça à l'école ?

— Ça va pas ! hurla le gamin comme s'il venait de recevoir une baffe.

Louise regarda Mathias d'un air de reproche, mais Taillefer continua dans la provoc.

— Ça t'arrive de ranger ta chambre ? demanda-t-il en désignant les emballages qui s'accumulaient dans la poubelle : bonbecs, boîtes de KFC, de kebabs, canettes de soda.

Sans vergogne, il ouvrit les tiroirs du bureau pour y jeter un coup d'œil.

— Hé ! Vous n'avez pas le droit de fouiller dans mon intimité !

— Ta gueule, tête de gland.

Le geek se mit à hurler.

— Mais pourquoi vous venez me faire chier, keuf de merde !

— Et ça, c'est quoi ? demanda le flic en désignant la longue-vue installée sur un trépied devant la fenêtre. C'est pour regarder les étoiles ou pour mater tes voisines ?

— Je…

— Et ces films, c'est toi qui les as faits, hein, petit branleur ? cria-t-il en lui mettant son portable devant les yeux.

Romuald Leblan se dégagea de l'emprise de Taillefer et, après un long moment de réflexion, changea radicalement de ton et de stratégie pour assumer ses actes sans le moindre remords.

— Oui, c'est moi, et alors ? Je suis chez moi, je fais ce que je veux.

— Tu la connaissais, Stella Petrenko ?

— Forcément. Depuis le temps qu'on habite ici.

— Pourquoi conservait-elle ces films chez elle sur une clé USB ? Tu la faisais chanter ?

Le geek partit dans un rire mauvais.

— Ha ha ! C'est le monde à l'envers.

— Explique.

— C'est *elle* qui m'a demandé de la filmer.

— Menteur ! s'écria Louise.

Taillefer n'était pas certain de comprendre.

— Qu'est-ce que tu racontes ?

— C'était une combine qu'elle avait mise au point pour se faire de la thune. Elle repérait des mecs mariés, surtout des provinciaux ou des anciens fans. Elle les faisait venir chez elle puis elle insistait pour baiser dans le salon.

— Et toi, de l'autre côté de la rue, tu te prenais pour Kubrick.

— Kubrick n'a jamais tourné de porno, mais c'est l'idée, oui.

— Et ensuite, vous leur demandiez du fric pour ne pas diffuser le film…

Le geek avait repris de l'assurance :
— Tu vois que t'as compris, papy.
— C'est sordide, jugea Taillefer.
— Bah, c'est pas méchant.
Bouleversée, Louise en rajouta une couche :
— Tu me donnes la nausée.
— Ça va ! Y a pas mort d'homme !
— Justement si. Stella est morte.
Romuald retourna s'asseoir en tailleur dans son fauteuil.
— Quel rapport ? Elle s'est pété la gueule en tombant du balcon.
— On l'a peut-être poussée, non ? questionna Taillefer en désignant le panorama parisien par la fenêtre. Le soir où elle est morte, tu n'as rien remarqué d'étrange ?
— Non, on est déjà venu m'interroger.
— Qui ça ?
— Vous devriez le savoir, non ? Une flic. D'origine sénégalaise, je crois. Elle a fait la tournée des habitants de l'immeuble le lendemain de l'accident.
Fatoumata Diop, la lieutenante de la 3e DPJ.
Taillefer s'approcha de la fenêtre et alluma une cigarette. Ce môme l'intriguait et lui évoquait l'image d'un pacha qui se prélassait comme un gros chat. Grâce au Net et à ses ordinateurs, le gamin n'était pas du tout coupé du monde. Il s'était juste enfermé dans son petit confort. Les travers de Romuald le renvoyaient à sa propre enfance, mais à la manière

du négatif d'une photographie. Montpellier, quartier de la Paillade. Combien de mercredis, de samedis, de vacances scolaires passés à accompagner son père sur les chantiers alors qu'il n'avait que quatorze ans ? Des après-midi à se casser le dos sous le cagnard pour rapporter quelques dizaines de francs à la maison. Souvenirs pénibles qui lui feraient détester à jamais les glandeurs comme Leblan.

Louise prit la parole :

– Parmi les hommes que vous avez fait chanter, certains auraient pu vouloir se venger.

– Non, laisse tomber, c'était des ploucards à qui on ne demandait que des petites sommes : mille cinq cents, deux mille euros… Et tous ont toujours payé.

– Tu m'enverras quand même la liste par mail, ordonna Taillefer en notant son courriel sur un Post-it. Tu faisais quoi le soir où Stella est morte ?

Romuald soupira en triturant le boîtier de ses AirPods :

– J'ai déjà tout raconté, mec.

– Ben répète, glandu.

– J'ai regardé le foot à la télé : Belgique contre République tchèque.

– Il y a plus sexy comme match, non ?

– Ma mère est belge. J'ai la double nationalité. Et ils sont super forts, les Diables Rouges.

– Ils ont de la possession, mais ils ne gagnent jamais à la fin, c'est bien ça ?

Romuald se vexa.

— Bon, vous êtes là pour parler foot ou bien… ?

— Un match, ça se termine à quelle heure ? reprit le flic. Vingt-deux heures trente, vingt-trois heures. Tu as fait quoi après ?

— J'ai joué en réseau avec mon casque sur les oreilles jusqu'à ce que les keufs et les pompiers se pointent dans la rue en faisant un boucan pas possible.

Taillefer écrasa son mégot sous sa semelle avant de le jeter par la fenêtre. Sournois, manipulateur, mais intelligent : ce gamin était une pièce importante du puzzle, il le sentait. Un citron qu'il n'avait pas encore suffisamment pressé. Une inspiration :

— Cette fille, tu la connais ? demanda-t-il en lui tendant son iPhone dont la batterie était presque déchargée.

— Elle est pas mal, fanfaronna Romuald après avoir jeté un coup d'œil à l'écran. Comment elle s'appelle ?

— Angélique Charvet. Tu l'as déjà vue ?

— Elle était là le jour où le SAMU est venu chercher le peintre qui est mort du Covid, Marco Pantani.

— Marco Sabatini, corrigea Louise.

— Oui, c'est ça. Elle a discuté un long moment avec un des ambulanciers qui avait une tête de cul.

Toujours dans la nuance.

— C'est elle qui les a prévenus ?

— Possible, j'en sais rien.

— Et tu l'as revue depuis ?

— Ah oui, ça c'est le plus bizarre… elle est revenue le soir même.

— Revenue où ?

— Dans l'appartement du peintre. Elle s'est installée sur la terrasse et elle s'est servi des apéros tranquillou comme si elle était chez elle.

Taillefer était dubitatif.

— Tu es sûr de ce que tu racontes ?

— Certain. Je l'ai vue téter de la vodka au goulot.

— Pourquoi tu n'as pas parlé de ça aux flics ?

— Pas mes affaires.

— Charvet était peut-être la petite amie de Sabatini, hasarda Louise.

— Non, croyez-moi, il n'avait pas de copine, ricana Romuald.

— Comment tu peux être si affirmatif ?

— Sabatini était gay. Il lui arrivait de ramener des mecs dans son atelier et pas seulement pour leur montrer ses peintures, mais je n'y ai jamais vu aucune meuf. Et ce n'est pas faute d'avoir maté.

Louise et Taillefer échangèrent un regard : ça ne cadrait pas avec ce qu'avait dit Bernard Benedick. Le galeriste n'était décidément pas clair. C'est lui qu'ils devaient réinterroger à présent.

— Bon alors papy, je suis en état d'arrestation ? demanda le geek d'un ton goguenard.

Taillefer soupira.

— Je n'ai aucune compassion pour les petits merdeux dans ton genre. Ta mère se ronge les sangs à cause de ton comportement. Tu devrais avoir honte de la faire souffrir. Tu es en train de la tuer à petit feu au lieu de la protéger.

— OK, boomer ! Les femmes ne veulent plus être protégées. Bienvenue en 2022 !

— Joue pas au con avec moi, tête de bite.

— Qu'est-ce que je risque sinon ?

— Que je t'éclate la tête.

— Ha ha ! Vous serez révoqué avant la fin de la journée.

Le front de Taillefer effleura celui du geek.

— Je ne suis plus flic depuis des années, connard. Il n'y a qu'un glandu comme toi pour y avoir cru. Je te brise les os quand ça me chante.

— Bouh, j'ai peur.

Louise s'interposa alors que le ton montait.

— Allez, venez Mathias, on dégage.

Mais Taillefer avait chopé le geek par le col de sa chemise.

— Zombie de mes deux ! cria-t-il en le projetant à l'autre bout de la pièce.

12

La place de l'Étoile

La vérité d'un homme, c'est d'abord ce qu'il cache.

André Malraux

1.

Début d'après-midi.

La place de l'Étoile était méconnaissable. Depuis trois semaines, l'Arc de Triomphe était empaqueté dans une toile argent bleuté ceinturée par un cordage rouge. L'installation posthume de l'artiste Christo et Jeanne-Claude divisait les Parisiens, mais suscitait la curiosité.

En provenance de l'avenue de Friedland, Louise aborda le rond-point pied au plancher. La voiturette s'inséra laborieusement dans la circulation. Desservant pas moins de douze grandes artères, le giratoire autour de l'Arc de Triomphe était réputé le plus dangereux de France.

– Fais gaffe, dit Taillefer. Il y a un connard qui te colle au cul.

Chaque fois qu'elle s'aventurait ici, Louise avait l'impression qu'elle montait à l'échafaud. Elle ne s'y

retrouvait jamais, confondait le nom des avenues: Wagram, Hoche, Foch, Marceau… De lointains symboles napoléoniens qui, dans son esprit comme dans celui de beaucoup de Parisiens, avaient été balayés par les images des Gilets jaunes saccageant l'Arc de Triomphe. La plaie était encore là, mais aujourd'hui le monument avait retrouvé des couleurs. Le soleil d'hiver qui se reflétait sur la surface en tissu faisait onduler ses plis hypnotiques. Drapé dans son nouvel habit de lumière, il donnait presque l'impression d'être vivant.

– Attention au bus, il conduit comme un fou. Change de voie. Tu m'as dit qu'il habitait où déjà Bernard Benedick ?

– Au 16, avenue Kléber, m'a dit son assistante, mais il risque d'être déjà parti pour l'aéroport.

– Accélère.

– Je suis à fond, Mathias !

Taillefer gigotait dans tous les sens, incapable de masquer son impatience. Louise se concentra. Les règles n'étaient pas les mêmes que pour les autres ronds-points. Le véhicule engagé devait céder la priorité à celui qui y entrait. Un coup de fatigue brutal l'avait saisie par surprise lorsqu'ils avaient quitté la chambre du geek, rue de Bellechasse. Elle cligna plusieurs fois des yeux. Le gigantisme de la place lui donnait le vertige. La multiplication des voies de circulation, les coups de klaxon agressifs, l'absence de panneaux ou de marquage au sol…

— Attention !

Surgi de nulle part, un scooter lui coupa la route. La loi de la jungle. Louise paniqua, commit l'erreur de vouloir dépasser par la droite la camionnette bariolée d'un fleuriste pour s'extirper au plus vite du carrefour, mais sa voiturette patina sur les pavés et récolta un coup prolongé de klaxon. Taillefer sortit de ses gonds. Il baissa sa vitre et leva un poing menaçant en direction du conducteur de la fourgonnette.

Tandis qu'il l'agonissait d'injures, Louise se dit qu'il était agréable d'avoir à ses côtés quelqu'un qui vous soutenait et prenait votre parti même lorsque vous aviez tort. Et elle ne l'en apprécia que davantage.

— C'est lui, là !

— Quoi ?

Tels deux naufragés sur un radeau précaire, ils avaient surmonté la tempête de la place de l'Étoile. Le 16 de l'avenue Kléber se situait juste en face de l'immense voilure de verre de l'hôtel Peninsula.

— C'est lui, Bernard Benedick, dans le tacot ! répéta Louise.

Mathias plissa les yeux. Une silhouette venait de s'engouffrer dans un taxi « Club Affaires » tandis que le chauffeur chargeait une valise dans le coffre. Louise accéléra pour coller sa voiturette devant la Mercedes et l'empêcher ainsi de manœuvrer.

Taillefer avait pris les devants et passé autour de son bras un vieux brassard orange siglé « police » qu'il avait retrouvé ce matin dans ses affaires. Ça marchait toujours. Dans le feu de l'action, les apparences comptaient autant que la réalité. Même pas besoin d'avoir de carte. Il suffisait de brandir son portefeuille ouvert et de prendre une voix assurée :

— Police, coupez le contact !

— Mais…

— Sortez du véhicule, monsieur Benedick.

— Je vais louper mon avion !

— Pas si vous répondez rapidement à mes questions. Tout dépend entièrement de *vous*.

2.

Attablé à la terrasse d'un petit café adjacent, le galeriste jetait des coups d'œil anxieux à sa Nautilus. Face à lui, Taillefer et Louise jouaient la montre depuis cinq minutes pour le mettre sous pression. Le flic avait refusé de l'interroger directement au pied du taxi et avait insisté pour s'asseoir devant une consommation.

— Je vais appeler mon avocat.

— Ça serait la meilleure façon de louper votre avion, le dissuada-t-il. Et je ne pense pas qu'il y ait beaucoup de vols directs quotidiens vers San José.

— C'est le seul, admit Bernard Benedick.

— Fin décembre, c'est un bon moment pour aller au Costa Rica, non ? C'est le début de la saison sèche, c'est ça ?

— Bon, ça suffit ! Vous me les posez vos questions, oui ou merde ?

Taillefer abattit sa première carte en sortant de sa poche l'enveloppe contenant les dix mille euros.

— Vous pouvez nous expliquer d'où vient cet argent ?

Pris le doigt dans le pot de confiture, le galeriste avala sa salive, gêné aux entournures.

— C'est… C'est une partie de la somme que j'ai remise à la fiancée de Marco Sabatini.

— Pour quelle raison ?

— Pour l'achat de trois tableaux.

— Pourquoi vous dites « une partie » ?

— Elle est venue me montrer trois beaux petits tableaux. Je lui ai proposé de les lui racheter dix mille euros chacun.

— Le cash, c'est tellement plus facile pour ne pas payer d'impôts.

— Bon, vous êtes de la Criminelle ou contrôleur fiscal ?

— Baissez d'un ton avec moi, Benedick.

Le galeriste détourna les yeux un moment, le regard fixé sur les façades d'en face qui ruisselaient de soleil.

— Pour les tableaux de Marco, j'ai une liste d'attente longue comme le bras, reprit-il. Et depuis qu'il est mort, sa cote a triplé. Je n'allais pas cracher sur l'occasion d'acquérir de nouvelles œuvres.

— Pourquoi les tableaux de Sabatini fascinent-ils tant ?

— Parce que les collectionneurs sont des moutons : ils aiment ce que tout le monde aime déjà.

— Mais encore ?

— Sabatini peint toujours le même tableau, mais peu de peintres ont réussi comme lui à représenter la frayeur.

— De quoi avait-il peur à votre avis ?

Benedick haussa les épaules.

— De la solitude, de la mort, du retour sur scène de Francis Lalanne... Comment voulez-vous que je le sache ?

— Et les yeux de ses portraits, sans pupilles ni iris, vides et vifs comme l'argent ?

— C'est de l'iridium, corrigea le galeriste. Les yeux vides ce n'est pas très nouveau en peinture. De Modigliani à Sean Lorenz, beaucoup d'artistes ont eu recours à ce procédé.

— La fiancée de Sabatini, c'est elle ? demanda le flic.

Il sortit son téléphone pour présenter la photo d'Angélique Charvet, mais s'aperçut que la batterie était à plat. Il se rabattit alors sur l'impression papier du portrait LinkedIn.

— Absolument, approuva Benedick. Une drôle de fille. Insaisissable. Difficile de lui mettre une étiquette.

— Vous savez où elle se trouve aujourd'hui ?

Il ouvrit des yeux ronds.

— Comment le saurais-je ? Je ne l'ai croisée qu'une fois dans ma vie.

— Angélique Charvet n'a jamais été la fiancée de Sabatini, affirma Taillefer.

Le galeriste haussa de nouveau les épaules. Taillefer enfonça le clou.

– Sabatini était gay. Et je pense que vous le saviez.

– Hé, on est en 2021, pépère ! ricana Benedick. Les gens ne sont plus assignés à une sexualité unique.

Il termina d'un trait son expresso et sembla prendre soudain conscience que Taillefer n'avait aucune munition contre lui.

– C'est pas tout ça, mais j'ai un avion à prendre moi. Si ça vous chante, envoyez-moi les ronds-de-cuir de Bercy pour un contrôle fiscal, mais entre nous, quelque chose me dit que vous ne le ferez pas.

3.

Louise gardait ses mains autour de sa tasse pour les réchauffer. Sa fatigue s'était évaporée. Elle était dans un état de tension qu'elle n'avait presque jamais connu. En quelques heures l'affaire de la mort de sa mère avait connu un éclairage nouveau. Comme les carrés colorés d'un Rubik's Cube, des informations disparates s'étaient emboîtées pour trouver leur place dans un tout cohérent. Au terme d'un ping-pong verbal avec Taillefer, ils parvinrent à élaborer le scénario des derniers jours de Stella.

Angélique Charvet, une infirmière remplaçante, enceinte de son premier enfant, était venue changer les pansements de Stella à la fin de l'été. Le 28 août, elle avait croisé Marco Sabatini en petite forme souffrant d'une forme grave de Covid. Elle avait prévenu le SAMU puis était retournée dans l'appartement du peintre pour s'emparer de trois toiles qu'elle avait revendues à Benedick en se faisant passer pour la fiancée de Sabatini. Elle avait donné une partie de l'argent à Stella puis s'était évaporée avec le reste. Sauf qu'entre-temps, Stella était morte.

L'histoire avait des trous, certes, mais tout convergeait vers la mystérieuse Angélique, la pièce maîtresse de ce puzzle nébuleux.

– On tient une vraie piste ! Il faut absolument prévenir vos collègues pour qu'ils interrogent Charvet.

Taillefer n'était pas aussi enthousiaste.

– On peut essayer de la trouver nous-mêmes.

– Et comment ? Elle a foutu le camp.

– Tu ne connais pas le fonctionnement de la police. Les flics ne lèveront pas le petit doigt pour la retrouver.

– J'ai du mal à y croire.

– Après les fêtes ils lanceront peut-être un complément d'enquête, mais ça prendra des mois. On est en France, le pays le plus bureaucratique et kafkaïen du monde.

– Si vous ne voulez pas venir avec moi chez les flics, j'y vais toute seule, décida-t-elle en se levant de sa banquette.

Taillefer poussa un long soupir.

— C'est du temps perdu, mais je veux bien t'accompagner pour t'éviter d'attendre des plombes.

Il laissa un billet de dix euros sur la table avant de rejoindre Louise dehors.

Sur l'avenue, le soleil poudroyait entre les branches des platanes. Mathias resta un instant immobile, le visage tourné vers les rayons, en quête de régénération, comme si son organisme fonctionnait à l'énergie solaire.

— Tu veux que je prenne le volant ? demanda-t-il en désignant la voiturette.

— Non, ça ira.

Il s'installa en se contorsionnant sur la place passager avec toujours cette désagréable impression de s'asseoir dans un jouet d'enfant.

— Le plus simple, c'est d'aller au commissariat du 14e, jugea-t-il après un moment de réflexion. C'est au 114 de l'avenue du Maine.

— Vous pouvez entrer l'adresse dans le GPS ? demanda-t-elle en ventousant son téléphone sur le pare-brise avant de démarrer.

Taillefer s'exécuta. Alors que leur véhicule descendait l'avenue Marceau en cahotant, le flic eut une idée :

— Je vais appeler Fatoumata Diop, le lieutenant de la 3e DPJ qui a suivi l'affaire, dit-il en sortant son téléphone. J'ai conservé son numéro.

Pendant que le flic était en ligne, Louise se réfugia dans ses pensées. Ses yeux se fermaient tout seuls comme si ses pupilles rétrécissaient. Nouveau coup de pompe. Elle n'avait rien avalé depuis la crêpe de la veille et éprouvait une fringale digne de celle d'un cycliste défaillant dans l'ascension du Ventoux. Elle regretta de ne pas avoir accepté les croissants de Taillefer oubliés dans la cuisine. Elle fouilla dans la poche de sa parka pour se ravitailler et y trouva un spéculoos que le barman avait servi avec le café.

Ils traversèrent la Seine sur le pont de l'Alma. Perdue dans ses ruminations, Louise essayait sans succès de faire des connexions entre les derniers éléments qu'ils avaient glanés. Elle s'interrogeait aussi sur le sens de cette quête de vérité. Se sentirait-elle mieux après avoir résolu le mystère de la mort de sa mère ?

Quartier du Champ-de-Mars puis les Invalides. Paris tournait au ralenti, enveloppé dans les derniers feux de 2021, année morose qui avait succédé à l'*annus horribilis* 2020. Les naïfs qui avaient cru à la fable du « monde d'après » commençaient à comprendre que le monde se contenterait de tourner comme avant. En pire. Il n'y avait à l'horizon que pessimisme et incertitude. Le train fou était lancé depuis longtemps. On se faisait parfois croire qu'il existait un moyen de le freiner, mais c'était faux, et au fond de soi, tout le monde le savait. La partie était perdue. La planète serait de moins en moins viable, les réseaux sociaux continueraient à affaiblir les démocraties, les…

– Coup de chance ! lança Taillefer en raccrochant. Non seulement Diop n'est pas en vacances, mais elle est au commissariat tout l'après-midi. Elle nous attend !

Toujours en retrait et intériorité, Louise continuait à mouliner entre réflexions sur l'avenir et informations sur leur enquête. Elle partait un peu dans tous les sens, mais elle avait l'impression étrange que la partie qu'ils avaient mise à nu n'était qu'un écran de fumée masquant une vérité et une réalité qui étaient encore hors de leur atteinte.

– C'est toujours l'enfer pour se garer par ici, maugréa Taillefer alors qu'ils arrivaient à l'angle du boulevard du Montparnasse et de l'avenue du Maine.

Un signal d'alarme s'alluma dans l'esprit de Louise. L'irruption imminente du danger.

– Tourne ici, rue Cels. Il y a une impasse au milieu de la rue, à droite. C'est là que les flics du quartier ont l'habitude de se garer.

Louise mit son clignotant, roula sur cent mètres et s'engagea dans une voie pavée qui desservait des petites maisons de ville typiques du 14e arrondissement. Elle manœuvrait pour se garer lorsqu'elle percuta sur ce qui l'avait mise en alerte : le téléphone de Taillefer était forcément toujours déchargé. Son angoisse monta d'un cran. L'ancien flic n'avait pas pu passer ce coup de fil au commissariat. Il lui avait menti.

Mais pourquoi ?

Ils échangèrent un regard. Il comprit qu'elle avait compris.

Une salve de chair de poule lambrissa ses jambes, sa poitrine, ses avant-bras, à mesure qu'elle prenait conscience qu'elle ne connaissait absolument pas l'homme assis à ses côtés.

— Louise, Louise… Pourquoi tu ne m'as pas écouté ? soupira-t-il en secouant la tête.

Elle aurait dû essayer d'ouvrir la portière et de fuir, mais elle ne tenta rien, figée, sidérée par l'irréalité de la situation. Taillefer déboucla sa ceinture de sécurité.

— Regarde dans quel pétrin tu nous mets. Je t'avais dit de tourner la page. Je t'avais dit de ne pas t'accrocher à mes basques.

Immobile, Louise sentit une boule monter dans sa gorge puis une morsure lui brûler le ventre.

— Je t'avais bien dit que j'étais dangereux.

La main immense du flic s'abattit sur elle et lui attrapa le cou.

Elle ne se défendit même pas. Elle voulait mourir, là, tout de suite.

— Tu ne me laisses pas d'autre choix que de te tuer, dit-il avec une pointe de regret.

13

L'ordre et le désordre

[...] deux dangers ne cessent de menacer le monde : l'ordre et le désordre.

Paul VALÉRY

1.

Dix-huit ans plus tôt.

Gare du Nord : un policier de la Crim sauve une femme d'une agression

6 octobre 2003

Le Parisien – Avec AFP.

Vers 22 h 00 ce vendredi, Mathias Taillefer, un policier en civil, est intervenu sur la ligne 4 du métro parisien pour protéger une femme en train de se faire agresser à l'arme blanche.

Trois jeunes d'une vingtaine d'années étaient montés dans une rame en direction de la gare de l'Est. Pendant le trajet, ils ont tenté de détrousser une femme assise dans le wagon en lui mettant un couteau sous la gorge et un autre au niveau de l'entrejambe. Le capitaine de la Crim qui regagnait son domicile après son service s'est alors dirigé vers les agresseurs pour leur demander de cesser leurs agissements. Après que l'un des jeunes lui a assené un coup de poing dans le thorax, le policier a sorti sa carte et révélé sa profession. Une initiative qui a mis le feu aux poudres. Un des jeunes a armé son bras pour donner un coup de couteau à la jeune femme. Le fonctionnaire s'est interposé, mettant son corps en opposition pour protéger la civile. Il a été poignardé avec une grande violence dans le torse, aux mains et aux bras.

Arrivés gare de l'Est, les trois assaillants ont rapidement quitté le wagon. Malgré ses blessures, l'officier de police est parvenu à dégainer son arme, à se traîner sur le quai et à faire feu sur l'un des agresseurs qui a été atteint à la colonne vertébrale. Ses deux complices ont réussi à prendre la fuite.

Mathias Taillefer a été hospitalisé à Saint-Antoine. Ses jours ne semblent pas en danger. Le jeune atteint par la balle serait un mineur de 17 ans défavorablement connu des services de police. Il a été conduit à l'hôpital Bichat dans un état grave.

Le préfet de police, qui s'est immédiatement rendu sur place, a refusé de prendre position avant les résultats de l'exploitation des images de vidéosurveillance de la RATP et les conclusions d'une enquête interne. La jeune femme agressée, Mme Alice Bakker, a tenu, elle, à rendre hommage à son sauveur. « *Ce policier m'a sauvé la vie. Personne d'autre que lui n'est intervenu dans la rame. En s'interposant, il a joué le rôle de bouclier et pris les coups qui m'étaient destinés. Je lui serai à jamais reconnaissante et j'espère que ses blessures ne sont pas trop graves.* »

2.

Rixe sur la ligne 4 : le policier mis en examen

10 octobre 2003
Le Parisien – Avec AFP.

Mathias Taillefer, le capitaine de la brigade criminelle ayant sauvé une jeune femme d'une agression dans le métro parisien (voir notre édition du 6 octobre), a été mis en examen pour « *violences volontaires avec arme par personne dépositaire de l'autorité publique* ». On lui reproche d'avoir ouvert le feu sur un jeune homme de 17 ans, Elias Abbes, originaire de Roissy-en-Brie, qui l'avait auparavant lardé de coups de couteau. Taillefer a été placé sous contrôle judiciaire, assorti notamment d'une interdiction d'exercer une activité de police, a annoncé le parquet de Paris.

Grièvement blessé au thorax et aux membres, le policier avait été hospitalisé à l'hôpital Saint-Antoine et n'avait pu être entendu plus tôt. Lors de sa garde à vue, le fonctionnaire de police a affirmé *« avoir fait feu pour mettre hors d'état de nuire des individus extrêmement dangereux »*.

Si son avocat n'a pas souhaité s'exprimer à ce stade de l'enquête, les syndicats de policiers ont vivement réagi à cette mise en examen. Dans un communiqué commun, Alliance et Unsa-Police la jugent *« scandaleuse et irresponsable »* et préviennent : *« Ce n'est pas en jetant l'opprobre sur les policiers que l'on améliorera la sécurité de nos concitoyens. »*

Alice Bakker, la jeune femme que Mathias Taillefer avait protégée des coups de couteau, s'est dite *« révoltée »* par cette décision. *« Je me suis rendue à l'hôpital dès que j'ai pu pour témoigner mon soutien à cet officier et le remercier de m'avoir sauvé la vie. Cet homme est un héros. Cette inversion des valeurs m'écœure au plus haut point. »*

Son de cloche différent du côté de la famille d'Elias Abbes, hospitalisé lui aussi dans un état grave après avoir reçu une balle dans le bas du dos. *« Elias est un brave garçon qui ne représentait aucune menace et qui a été tiré comme un animal, sans réelle justification »*, a déclaré maître Julia

Carles, l'avocate de la famille d'Elias Abbes qui a refusé de condamner les violences urbaines qui agitent Roissy-en-Brie depuis plusieurs jours. Une marche de protestation sera organisée ce week-end au départ de la place de la Mairie et une cagnotte en soutien à la famille d'Elias Abbes a d'ores et déjà été ouverte.

14

Le syndrome du cœur brisé

« Tombé amoureux », ces mots si graves, ces mots désignant un sentiment si rarement éprouvé [...]. Cette folie qui [...] était tout à la fois un bonheur et un danger.
Patricia HIGHSMITH

1.

Annexe de la préfecture de police
2 fév. 2007

Docteur Boisseau : Bonjour capitaine Taillefer.
Mathias Taillefer : Bonjour.
Boisseau : Asseyez-vous, je vous en prie. Savez-vous quel est mon rôle ?
Taillefer *(s'asseyant de l'autre côté du bureau)* : Ben, vous êtes psy.
Boisseau : Médecin psychiatre, je préfère. Vous savez qu'une procédure administrative est toujours en cours concernant votre réintégration dans vos fonctions. Ma responsabilité aujourd'hui

est d'émettre un avis pour savoir si vous êtes apte à reprendre votre poste à la brigade criminelle. Vous saisissez ?
Taillefer : Jusqu'ici, c'est à ma portée, oui.
Boisseau : Je ne vais pas vous mentir : mon avis n'est que consultatif. Je ne suis décisionnaire de rien.

Mathias regarde sa montre et déboutonne sa veste en cuir sans l'enlever, prêt à repartir si les choses se passent mal.

Boisseau : J'ai lu votre dossier avec attention. L'affaire remonte maintenant à plus de trois ans. Quelle en est votre vision aujourd'hui ?
Taillefer : Ma vision ? Je me suis fait trouer la peau de six coups de couteau ! Vous voulez voir les cicatrices ? Vous croyez que vous pourrez en supporter la *vision* ?
Boisseau : Inutile d'être agressif. Je suis là pour vous aider.
Taillefer : Je ne crois pas non.
Boisseau *(triturant un stylo)* : Ce que je cherche à savoir, c'est quel regard vous portez aujourd'hui sur la victime.
Taillefer : La victime ? Vous voulez dire la femme qui a été agressée, Alice Bakker ? Je ne sais pas. Je n'ai plus eu de nouvelles depuis longtemps.
Boisseau : Non, *l'autre* victime.

Taillefer : L'autre victime, c'est moi.
Boisseau *(secouant la tête)* : Je parle de celle que *vous* avez agressée.
Taillefer : Vous rigolez ?
Boisseau *(le nez dans son dossier)* : Elias Abbes, dix-sept ans au moment des faits…
Taillefer : … et déjà un casier judiciaire long comme le bras.
Boisseau : Le jeune homme a reçu une balle tirée par votre arme de service ayant occasionné une grave lésion de la moelle épinière et une paraplégie irréversible. À cause de vous, cet adolescent passera le reste de sa vie dans un fauteuil roulant.
Taillefer *(croisant les bras)* : Vous renversez les rôles.
Boisseau : Son sort n'a pas l'air de vous émouvoir plus que ça.
Taillefer : Moins que vous, ça c'est sûr.
Boisseau : Écoutez capitaine, j'ai lu le rapport de l'IGPN et… comment dire ? Il y a vraiment des choses qui me chiffonnent dans cette affaire.
Taillefer : Comme quoi ?
Boisseau : Son point de départ d'abord. Nous sommes vendredi soir. Vous terminez votre semaine de travail. Vous rentrez chez vous, il est plus de dix heures du soir. Vous êtes dans cette rame de métro et vous assistez à un vol banal.

Taillefer : Un vol banal ? À l'arme blanche ?

Boisseau : Un vol de portable. Il y en a plus d'un million par an. Pourquoi vous êtes-vous senti obligé d'intervenir ?

Taillefer : C'est mon métier, bordel.

Boisseau : Vous n'étiez plus en service.

Taillefer : Un flic est toujours en service. Qu'est-ce que vous vouliez ? Que je laisse cette femme se faire agresser ?

Boisseau : Si vous n'étiez pas intervenu, ce jeune homme ne se trouverait pas aujourd'hui dans un fauteuil roulant.

Taillefer *(repoussant sa chaise pour se lever)* : Vous savez quoi ? Je crois qu'on va arrêter là.

Boisseau : Et moi, je crois que vous avez voulu jouer les héros.

Taillefer : Vous ne vous rendez pas compte de ce que vous dites. Regardez les images des caméras de surveillance.

Boisseau : Oh, mais je les ai vues justement. Vous vous êtes interposé pour prendre les coups de couteau à la place de cette jeune femme, Alice Bakker, j'en conviens, mais après…

Taillefer : Après ?

Boisseau : Arrivés à la station Gare-de-l'Est, les trois jeunes gens quittent rapidement la rame de métro. Le danger est écarté, mais vous vous traînez dehors malgré vos blessures et vous ouvrez le feu.

Taillefer : Et… ?

Boisseau : La scène est saisissante, vous ne trouvez pas ? Vous êtes en sang, grièvement blessé, mais vous rampez sur le sol et vous trouvez la force de vous relever pour tirer dans le dos de ce gamin…

Taillefer : Vous êtes vraiment né avant la honte, vous.

Boisseau *(insistant)* : Nous sommes vendredi soir, le quai est bondé et vous prenez le risque d'ouvrir le feu. Gare de l'Est, au moment des départs en week-end. Vous auriez pu dégommer un passant. On est vraiment passé à deux doigts du carnage.

Mathias soupire, tente de garder son calme, regarde par la fenêtre, cherchant un coin de ciel, un rayon de soleil, quelque chose à quoi se raccrocher.

Boisseau : Je vais vous dire le fond de ma pensée. J'ai une fille de quinze ans. Elle prend le métro toutes les veilles de week-end pour rentrer chez sa mère. Elle aurait pu se trouver sur ce quai ce jour-là et je n'aurais pas aimé qu'elle croise quelqu'un comme vous.

Taillefer : J'ai mis un agresseur hors d'état de nuire. Je n'ai tué ni blessé aucun voyageur. Ne comptez pas sur moi pour m'excuser de quoi que ce soit. Si c'était à refaire, j'agirais exactement de la même façon.

Boisseau *(haussant le ton, ce qui trahit un léger accent du Sud-Ouest)* : C'est scandaleux de dire ça !

Taillefer : Elias Abbes, celui que vous persistez à appeler le gamin…

Boisseau : C'était un gamin, bordel ! Il avait dix-sept ans !

Taillefer : C'est un criminel. Vous le sauriez si vous aviez étudié son casier. Heureusement d'autres que vous l'ont fait.

Boisseau : Un petit voleur ne mérite pas qu'on lui tire une balle dans le dos.

Taillefer : Abbes n'est pas qu'un voleur. Six mois plus tôt, il avait enfoncé son cran d'arrêt dans le vagin d'une jeune femme à la Renardière à Roissy-en-Brie. Il est gentil, votre gamin !

Boisseau : Mais au moment de lui tirer dessus, vous ne saviez pas tout ça.

Taillefer : Je savais qu'il avait agressé une femme sous mes yeux. Je savais qu'il était armé, en fuite et très dangereux.

Boisseau : Et ça vous suffit pour décider de la mort d'un homme ?

Taillefer : Vous le faites exprès ?

2.

Boisseau *(pointant son stylo en direction du flic)* : Je vais vous poser la question une dernière fois et je vous conseille d'y répondre sans faire le malin : pourquoi avez-vous tiré sur Elias Abbes ?

Taillefer : Je vous ai déjà répondu. Qu'est-ce que vous attendez de moi au juste ?

Boisseau : *A minima* que vous regrettiez votre geste, ça nous permettrait d'avancer. Ça *vous* permettrait d'avancer.

Taillefer : Allez vous faire foutre.

Boisseau : Je vais vous dire, moi, pourquoi vous avez ouvert le feu sur cet adolescent. Vous l'avez fait parce que vous avez succombé au péché d'hubris. Vous vous êtes pris pour une sorte de justicier dans la ville. Un Charles Bronson parisien, ivre de sa propre puissance. Vous vous êtes pris pour un démiurge, capitaine Taillefer.

Taillefer : C'est tout ? On a fini ?

Boisseau : Pas tout à fait, non. Je voudrais que l'on parle d'Alice Bakker. Un article de presse prétend que vous avez eu une relation avec elle.

Taillefer : L'article d'un blog gaucho publié pour me discréditer, téléguidé par le comité de soutien à Elias Abbes et leur conne d'avocate socialo.

Boisseau : Peut-être, mais c'est la vérité, n'est-ce pas ?

Taillefer : Alice Bakker est venue me voir à l'hôpital après l'agression pour me remercier. Nous avons sympathisé et vécu une très brève histoire qui a duré quatre ou cinq semaines.

Boisseau : Donc, vous avez tiré parti de votre position pour séduire une victime ?

Taillefer : Vous voulez vraiment mon poing sur la gueule ? Alice Bakker était aussi perdue que moi après le choc de l'agression.

Boisseau : Donc vous étiez perdu. C'est un mot fort.

Taillefer : Vous avez beau être psy, vous n'avez aucune idée de ce que ça représente. Oui, j'étais perdu : les coups de couteau que j'avais pris dans le bide ont démasqué une pathologie préexistante.

Boisseau : C'est-à-dire ?

Taillefer : Lorsqu'on m'a transporté à l'hôpital après l'agression, un scanner thoracique a révélé que mon cœur était gonflé alors qu'on ne voyait pas de sang dans le péricarde. Je souffrais d'une myocardiopathie qui m'empoisonnera jusqu'à la fin de mes jours.

Boisseau : Finalement, si votre route n'avait pas croisé celle d'Elias Abbes, on ne vous aurait jamais détecté cette pathologie en amont…

Taillefer : Vous vous croyez malin ?
Boisseau : C'est une constatation. Je préfère vous prévenir, mon rapport ne sera pas favorable.
Taillefer : Sans blague.

Il se lève pour partir.

Taillefer : J'ai oublié de vous demander : elle s'appelle comment ?
Boisseau : Qui ça ?
Taillefer : Votre fille.
Boisseau : Constance, mais je ne vois pas ce que…
Taillefer : Je pense que si c'était votre fille qui avait été agressée dans ce wagon, elle aurait été bien contente de trouver un type comme moi sur son chemin. Pensez-y quand vous rédigerez votre rapport…

3.

Cabinet de consultation psychiatrique
Place Henri-Bergson – 8e arrondissement de Paris
6 novembre 2021

Docteur Anne Bartoletti : Bonjour monsieur Taillefer.

C'est une très jeune psychiatre qui ne doit pas avoir trente ans.

Mathias Taillefer : Bonjour.

Bartoletti : Asseyez-vous.

Taillefer se laisse tomber sur la chaise. Fébrile, épuisé, les yeux fous. Il porte le poids du monde sur ses épaules.

Bartoletti *(consultant son écran)* : Vous aviez pris rendez-vous le mois dernier et aussi le mois précédent, mais vous n'êtes jamais venu.

Taillefer : C'est vrai. Désolé.

Bartoletti : Pourquoi venir aujourd'hui alors ?

Taillefer : Je crois que je n'ai plus le choix. C'est ça ou crever.

Bartoletti : Pourquoi avoir attendu si longtemps pour demander de l'aide ?

Taillefer : Disons que j'ai une mauvaise expérience des psys.

Bartoletti : Vous en avez vu beaucoup ?

Taillefer : Deux ou trois, mais ça m'a suffi.

Bartoletti : Je comprends : il y a malheureusement beaucoup de cons dans ma profession.

Taillefer : Dans la mienne aussi.

Long silence. Taillefer plonge son visage entre ses mains et respire bruyamment.

Bartoletti : Dites-moi. Qu'est-ce qui ne va pas ?

Taillefer : J'ai… J'ai mal. Mal du matin au soir.

Bartoletti : Mal où ?

Taillefer : Partout. Je…

Il se lève d'un bond. Remonte la fermeture éclair de son blouson.

Taillefer : Écoutez, ça ne va pas marcher. Je ne peux pas faire ça : m'asseoir, vous raconter ma vie. Je ne suis pas prêt.

Bartoletti : Vous venez de me dire que vous n'aviez plus le choix. Vous m'avez dit : « C'est ça ou crever. » Donc, vous êtes forcément prêt. C'est maintenant ou jamais.

Taillefer : Non, je ne serai jamais prêt. Donnez-moi juste des médocs pour passer le cap. Un truc pour dormir, pour oublier, pour éteindre l'interrupteur. Voilà, c'est ça que je veux. Être débranché. Être immobile, inerte, dans le noir.

Bartoletti : Je vais vous les prescrire, mais on peut discuter cinq minutes, non ?

Taillefer : Non pas ici, j'étouffe, je…

Anne Bartoletti se lève de son bureau pour aller jusqu'à la fenêtre. En contrebas, le square Marcel-Pagnol est ensoleillé pour la première fois depuis dix jours et semble lui tendre les bras.

Bartoletti : Descendons dans le square, il fait beau.

4.

Square Marcel-Pagnol
12, rue de Laborde

Une canette de Coca Zero dans les mains, Taillefer est assis sur le dossier d'un des rares bancs Davioud ayant échappé au saccage méthodique de la Municipalité. Il s'est calmé. L'air frais l'apaise. Il goûte les effets de lumière à travers les platanes et les marronniers, ces arbres de cour de récréation. Il raconte :

Mathias Taillefer : Ça m'est arrivé au moment où je m'y attendais le moins. Comme je vous l'ai expliqué, j'ai un itinéraire cabossé. Après cette affaire de la ligne 4, j'avais été réintégré à la Crim au bout d'un parcours du combattant, mais il y a cinq ans, j'ai connu une grosse défaillance cardiaque et cette fois…
Anne Bartoletti : Vous avez dû vous résoudre à accepter une greffe pour ne pas crever.
Taillefer : Oui et ça n'a pas été coton pour trouver un greffon compatible, mais là encore, je m'en suis sorti. Les mois qui suivirent cette greffe furent atroces. À cause de ma santé, on avait réussi à me mettre sur la touche à la Crim et j'avais préféré quitter la police plutôt que

d'être placardisé. Prise sur un coup de tête, cette décision s'avéra compliquée à assumer. J'avais un peu perdu ma place dans le monde…

Taillefer s'interrompt pour allumer une cigarette. La psy ouvre la bouche pour l'en dissuader puis renonce.

Mathias Taillefer : Je végétais. Les journées succédaient aux journées. Je n'avais plus goût à rien. Je lisais un peu, j'allais voir les matchs du PSG, je profitais de la vie culturelle parisienne, mais la retraite à quarante-deux ans, ce n'était pas pour moi.

Bartoletti : Et c'est là que vous avez rencontré cette femme…

Taillefer : Oui, au Grand Palais, dans les allées de la Fiac. Elle s'appelait Lena Haddad. Trente-huit ans à l'époque. C'était une Américaine d'origine libanaise qui travaillait pour une galerie d'art basée à San Francisco. Elle était à Paris pour la foire d'art contemporain.

Bartoletti : Vous êtes tombé amoureux tout de suite ?

Taillefer : Oui. Et ça ne m'était encore jamais arrivé. Tout était nouveau. J'aimais la personne que j'étais avec Lena. Tout mon être se réoxygénait comme si on avait planté des fleurs ou des plantes dans mon corps. Le jour où quelqu'un vous aime, la vie a une autre saveur, une autre densité. Le jour où quelqu'un vous aime, ça justifie rétrospectivement toutes vos errances, toutes les couleuvres que la vie vous a fait avaler.

Bartoletti : Cet amour était-il réciproque ?

Taillefer : Au début bien sûr ! Nous avons vécu ensemble à Paris pendant trois mois. Lena m'avait confié dès le premier jour qu'elle était mariée, mais que tout était fini avec son mari.

Bartoletti : Et après ?

Taillefer : Un jour, subitement, elle m'a dit qu'elle ne pouvait plus continuer comme ça. C'était le 28 décembre 2017. En se réveillant le matin, elle m'a dit qu'elle aimait encore son mari. Qu'en se comportant comme elle le faisait, elle n'était honnête ni envers moi ni envers lui.

Bartoletti : Vous n'avez rien vu venir ? Aucun signe annonciateur ?

Taillefer : Je suis sans doute naïf, mais non. Le jour même, elle a pris un billet pour rentrer à San Francisco. Je l'ai accompagnée à Roissy complètement sonné et, au moment d'embarquer pour la Californie, elle m'a demandé une chose que j'ai trouvée sans queue ni tête.

Bartoletti *(en train de se ronger les ongles)* : C'était quoi ?

Taillefer : Elle m'a donné un rendez-vous. Un rendez-vous un an plus tard, jour pour jour, dans notre restaurant italien préféré. Entre les deux dates, aucun contact : pas de téléphone, de mail ou de message.

Le flic marque une pause et détourne le regard vers un couple de merles qui se chamaillent sur la pelouse au pied d'un érable argenté.

Taillefer : Cette séparation m'a fait basculer dans un trou noir. J'avais perdu ma place. J'avais perdu le regard qui, pour la première fois de ma vie, me renvoyait une image de moi avec laquelle j'étais en paix.
Bartoletti : Et ce rendez-vous ?
Taillefer : Je m'y suis rendu la première année. Le 28 décembre 2018, Lena m'attendait à notre table du Numéro 6. J'ai repris espoir. Nous avons passé deux jours ensemble, mais de nouveau, elle est repartie en m'assurant que, jusqu'à sa mort, elle reviendrait à Paris tous les 28 décembre.
Bartoletti : C'est dur, mais elle n'a pas fermé le canal de communication. Elle maintient un contact ténu, certes, mais réel.
Taillefer : En décembre 2019, je n'ai pas eu la force de me rendre au restaurant. La veille, j'ai écrit une lettre que j'ai laissée au maître d'hôtel dans laquelle j'expliquais à Lena que je ne voulais plus subir cette situation et que je ne viendrais plus au rendez-vous.

Bartoletti : Vous avez tenu parole ?
Taillefer : L'année dernière, la question ne s'est pas posée, car les restaurants étaient fermés à cause du couvre-feu.
Bartoletti : Et cette année ?
Taillefer : Non, je ne veux plus. Je ne parviens pas à reprendre pied. Je voudrais m'ouvrir le crâne pour extirper le souvenir de Lena de mon cerveau.
Bartoletti : Ça je vous le déconseille, ça fait très mal.

Taillefer ne peut s'empêcher d'esquisser un sourire alors que le clocher de l'église toute proche sonne quatre heures, couvrant le bruit paisible de la fontaine.

Bartoletti : Écoutez, Mathias, ce qui vous arrive, c'est le jeu de l'amour depuis la nuit des temps. Ça vous donne tout et ça peut tout vous reprendre. C'est ce à quoi on s'expose quand on prend le risque d'aimer.
Taillefer : Et vous allez me facturer cent euros pour me dire que l'amour est un jeu cruel ?
Bartoletti : Non, je vais vous facturer deux cents euros pour vous dire que je sais qu'il y a autre chose.
Taillefer : Autre chose ?

Bartoletti : Autre chose qui vous dévore. Autre chose dont vous ne voulez pas parler et qui explique votre état.
Taillefer : Vous savez quoi, doc ? On va s'arrêter là pour aujourd'hui.

15

L'homme au manteau rouge

Il revint accompagné d'un homme masqué et enveloppé d'un grand manteau rouge. Lord de Winter et les trois mousquetaires s'interrogeaient du regard. Nul d'entre eux ne put renseigner les autres, car tous ignoraient ce qu'était cet homme.

Alexandre DUMAS

1.

Lorsque Louise reprit connaissance elle était ligotée de la tête aux pieds, assise sur une chaise métallique dans le salon de Mathias Taillefer. La pièce n'était pas chauffée et il faisait un froid vif malgré le soleil d'hiver de la fin d'après-midi. Il fallut plusieurs minutes à la jeune fille pour émerger complètement du brouillard. Son cœur cognait. L'arrière de son crâne lui semblait sur le point d'exploser. Une brûlure courait tout le long de son cou. Un bâillon profondément enfoncé dans sa bouche l'empêchait de crier et de respirer normalement.

Le cauchemar.

Louise avait les chevilles entravées et les deux mains bloquées dans le dos par un bracelet Serflex en nylon. Quand elle prit pleinement conscience de la gravité de la situation, son rythme cardiaque s'emballa encore. Elle tremblait, elle pleurait. Des battements pulsaient à ses tempes. Qui était ce type ? Dans quelle merde s'était-elle fourrée ? Elle était encore vivante, mais pour combien de temps ?

Ses genoux s'entrechoquaient. Elle essaya de se retourner, mais ses liens la privaient de tout mouvement. C'est alors qu'elle entendit un bruit de pas qui s'approchaient et que la silhouette massive de Taillefer apparut devant elle. Avec son pistolet dans la main droite.

Il n'avait plus l'apparence qu'elle lui connaissait. Décoiffé, les yeux vitreux, le visage fermé. Elle essaya d'attraper son regard, mais le flic était devenu un étranger.

Taillefer fit claquer le chargeur de son semi-automatique et dirigea le canon vers le front de la jeune fille. Terrorisée, Louise sentit sa respiration qui se bloquait. Son cerveau n'arrivait plus à objectiver la situation. Elle aurait voulu hurler, mais tous ses cris restaient bloqués dans sa gorge. Elle n'allait tout de même pas mourir comme ça ! Sans une explication, sans rien comprendre à ce qui lui arrivait, sans savoir pourquoi elle était là…

2.

Le doigt sur la détente, Mathias Taillefer était en train de perdre pied. *Bordel de merde.*

Ce n'était pourtant pas faute de l'avoir senti. Dès la première minute il s'était dit que cette fille était un nid à emmerdes. Dès les premières paroles il avait été déstabilisé par Louise Collange. Par son répondant, sa détermination, par la lueur d'intelligence qu'il avait lue dans ses yeux. Pourquoi, au mépris de toutes les règles de prudence, lui avait-il donné la possibilité de mettre un pied dans sa vie ?

Pourquoi avait-il baissé la garde si facilement ?

Peut-être parce qu'elle ne m'a pas laissé le choix.

Il planta ses yeux dans les siens. Il lisait la panique, la terreur, l'incompréhension. Mais que faire à présent qu'il avait franchi le point de non-retour ? À présent qu'il n'y avait plus d'espoir que les choses s'arrangent. À présent que ne restaient que des mauvaises solutions.

Il baissa le SIG Sauer et le bâillon de Louise.

Se donner encore un peu de temps.

Retarder l'échéance.

La solution des lâches…

Comme il s'y attendait, la jeune fille hurla.

— Vas-y petite, fais-toi plaisir, soulage-toi, l'encouragea-t-il.

Un long cri primal pour expulser sa peur, pour éloigner le souffle de la mort qui l'avait frôlée de si près.

– Mais je préfère t'avertir tout de suite, avec le double vitrage, tu peux crier tant que tu veux, personne ne t'entendra.

Après les cris, le silence angoissé. Et la question :

– Pour… ? Pourquoi vous faites ça ?

– Combien de fois t'ai-je dit de me foutre la paix ? aboya-t-il.

– …

– Combien de fois t'ai-je dit que je n'étais pas quelqu'un de bien ?

De plus en plus agressif, Taillefer faisait les cent pas dans un petit périmètre devant la chaise où était ligotée Louise.

– Je t'avais pas dit que tu étais en danger si tu restais avec moi ?

– …

L'ancien flic abattit son poing sur la table en hurlant :

– RÉPONDS-MOI ! JE TE L'AI DIT OU PAS ?

– Oui, concéda Louise, mais…

– Il n'y a pas de mais qui tienne, je t'avais prévenue.

Elle avait la gorge sèche et, même sans bâillon, elle continuait à suffoquer. Des gouttes de transpiration coulaient à l'arrière de son cou jusqu'au bas de sa colonne vertébrale.

– Je voulais trouver l'assassin de ma mère. J'ai le droit de savoir comment elle est morte.

– Ferme-la.

— Qui êtes-vous, Taillefer ? Qui êtes-vous vraiment ?

Louise sentait que son agresseur pouvait disjoncter à tout moment. Les marges d'action étaient étroites. Il fallait qu'elle retrouve son calme, qu'elle régule sa respiration, tout en prenant le risque d'avancer.

— Qu'est-ce qui s'est passé, Mathias ? Pourquoi vous me faites ça ? Expliquez-moi !

— Il n'y a rien à expliquer.

— Ce n'est pas une réponse, vous le savez bien. Je n'ai rien fait pour mériter une balle dans la tête.

— Tu as été trop curieuse.

— Ce n'est pas une réponse. J'exige la vérité.

— Tu n'as rien à exiger, bordel ! Tu es une gamine de dix-sept ans qui devrait être dans sa chambre, chez ses parents, en train de réviser ses examens !

— Détachez-moi ! Détachez-moi, Mathias !

— Tais-toi !

— Vous vous croyez très fort parce que vous avez un flingue ?

— Ça aide, oui.

Louise abattit la carte qu'elle avait dans son jeu.

— Détachez-moi si vous voulez que je vous raconte ce que j'ai appris sur celle que vous croyez être Lena Haddad.

Lena Haddad ?

Silence. Taillefer crut d'abord avoir mal compris, puis fronça les sourcils. Il ne manquait plus que ça. Pourquoi la Libanaise débarquait-elle soudain dans la conversation ? Il lui fallut un long moment pour retrouver le fil.

— Tu m'as dit qu'elle n'était pas venue au restaurant.

— Eh bien, je vous ai menti. Comme *vous* m'avez menti.

— Si tu crois que je vais marcher à ton bluff à deux balles !

— Ce n'est pas du bluff. D'ailleurs, Lena Haddad n'est même pas son vrai nom. Elle n'est pas américaine, elle n'habite pas à San Francisco. Mais ça aussi, ça vous avait échappé. Vous ne deviez pas être un si bon flic. Pas étonnant que la Crim vous ait foutu dehors.

Taillefer sentit ses tympans bourdonner et une horrible remontée acide lui brûler l'estomac.

— Dis-moi ce que tu as appris.

— Pas avant que vous m'ayez détachée.

Il n'aimait pas recevoir des ordres. À nouveau il pointa son SP 2022 en direction de la jeune femme.

— Je ne vais pas le répéter.

Mais cette fois, elle le défia du regard.

— On ne va pas se faire croire que vous allez tirer, Mathias.

Il bouillait de colère et respirait bruyamment, déployant des efforts surhumains pour contenir sa fureur.

— Vous l'auriez déjà fait si vous en aviez l'intention.

— Dis-moi ce que tu sais ! insista-t-il en frappant le front de Louise avec le canon du pistolet.

Mais Louise resta impassible, et Taillefer sentit toute son énergie s'écrouler. Elle avait raison, il ne la tuerait pas. Il en avait marre de tout ça. Soudain vidé de sa rage, il la débarrassa de ses liens sans la regarder.

– Parle, maintenant !

– Vous d'abord. Pourquoi vouliez-vous m'empêcher d'aller voir la police ? demanda-t-elle en frottant ses poignets douloureux.

– Tu n'as aucune idée de ce à quoi tu t'exposes, petite fille.

Louise repoussa ses cheveux pleins de sueur en arrière.

– Il y a deux minutes vous vouliez me mettre une balle dans la tête. Je ne vois pas très bien ce que je peux craindre de pire !

– Un jour tu supplieras peut-être quelqu'un pour qu'il t'achève d'une balle dans la tête.

Las, Taillefer rendit les armes. *Elle veut savoir… Eh bien soit…*

Sauf qu'il ne savait pas très bien lui-même par quoi débuter.

3.

Le jour commençait à baisser. Le reflet du soleil couchant sur les lames cirées du parquet donnait au salon une robe dorée qui enchantait la pièce. Taillefer s'était laissé tomber sur sa vieille chaise Wishbone, la seule qui ne lui faisait pas trop mal au dos, et avait commencé à déballer son secret.

— Il y a quelques années, après ma transplantation cardiaque, j'ai été mis sur la touche dans mon boulot et j'ai fini par quitter la police. J'avais quarante-deux ans et déjà le corps en loques. Du jour au lendemain, je me suis retrouvé inactif, sans famille ni réelles relations sociales.

Ça lui coûtait de parler, mais même pour un taiseux comme lui, lorsque les digues cédaient, la parole avait un effet libérateur puissant.

— À peu près à cette époque, j'ai commencé une liaison avec Lena Haddad, mais la fin de cette passion m'a laissé désemparé. J'allais mal, très mal. Jamais je ne me serais douté qu'on pouvait traverser de tels gouffres de solitude.

Titus, le beagle à la bouille débonnaire, avait fait son apparition et, indifférent au drame qui se jouait, cherchait son lot de caresses en passant de l'un à l'autre.

— Alors que j'étais au fond du trou, j'ai été contacté par un homme qui avait été mon instructeur lors de mon service militaire à Rochefort. Il se nommait Henri Pheulpin, mais se faisait désormais appeler « l'homme au manteau rouge ».

— L'homme au manteau rouge ?

— C'est une référence au personnage du bourreau dans *Les Trois Mousquetaires.*

Un souvenir électrisa Louise.

– Lorsque je vous ai accompagné à la grande roue de la place de la Concorde, je vous ai vu parler avec un homme qui portait une parka rouge !

– C'était lui. Henri Pheulpin avait quitté l'armée. Il connaissait tout de ma carrière et de ma vie et me jugeait suffisamment fiable pour me raconter l'histoire du groupe Iridium.

Un verre d'eau entre les mains, Louise s'était assise sur un coin de la table basse, à côté des spirales en bronze enchevêtrées de Bernar Venet.

– Depuis le début, il y a une dimension baroque qui t'échappe dans cette histoire, confia Taillefer. Quelque chose qui ressemble à une légende urbaine ou à une faribole avec laquelle les complotistes se montent la tête sur les forums.

– Le groupe Iridium ?

– Oui. C'est un groupe d'une centaine de grandes familles européennes et américaines qui, au début des années 1990, ont décidé, lorsqu'elles en avaient la possibilité, de ne plus régler leurs affaires sensibles devant la justice commune.

– Qu'est-ce qui les motivait ?

– Certaines trouvaient la justice trop laxiste et inefficace, gangrenée par l'idéologie d'extrême gauche et la culture de l'excuse. D'autres la trouvaient trop intrusive et médiatisée.

Un peu perdue, Louise cligna plusieurs fois des yeux. Les explications du flic prenaient une direction déroutante, à mille lieues de l'enquête sur la mort de sa mère. Taillefer continua.

— Leur désir de sécession judiciaire s'est construit autour de l'idée du *tribunal du point d'honneur.* L'expression te dit quelque chose ?

Elle se frotta les paupières comme pour faire appel à sa mémoire, mais rien ne vint.

— Pas vraiment.

Taillefer sortit un briquet et un paquet de cigarettes de la poche de sa chemise et s'en alluma une.

— Le tribunal du point d'honneur était une juridiction d'exception créée en France par Henri IV au début du XVIIe siècle. À l'époque, l'idée était d'empêcher les duels qui faisaient beaucoup de victimes parmi les aristocrates.

Il recracha un volumineux nuage de fumée, grimaçant comme si le tabac lui avait brûlé la gorge.

— Le tribunal ne pouvait être saisi que par les nobles pour régler tous les litiges dans lesquels *l'honneur* était en jeu.

— Qui rendait ces jugements à l'époque ?

— Les maréchaux de France, les militaires les plus gradés issus en majorité de grandes familles aristos.

Après un instant de réflexion, Louise postula :

— C'est ce principe que les cent familles ont réactivé ? Vous voulez dire qu'il existe aujourd'hui un tribunal spécial qu'elles peuvent saisir lorsqu'elles estiment que leur honneur a été bafoué ?

– T'as tout compris.

Taillefer plissa les yeux. La lumière de la fin d'après-midi avait quelque chose de fascinant. Elle faisait étinceler les lignes courbes de la sculpture en bronze, esquissant un tunnel de lumière hypnotique. Un puits d'or et de miel.

– Les sentences rendues par le tribunal sont rapides, sans appel et immédiatement applicables, précisa-t-il.

– Mais qui les exécute ? L'homme au manteau rouge ?

– Henri Pheulpin est en effet le bras armé du groupe Iridium. Il lui arrive d'exécuter lui-même les sentences, mais le plus souvent il fait appel à un petit nombre d'hommes de main en qui il a toute confiance.

– Et vous êtes l'un de ces exécuteurs, Mathias, n'est-ce pas ? Vous êtes un tueur ?

Le terme le fit tiquer.

– J'ai accepté quelques-uns de ces contrats, admit-il, comme à regret, d'une part parce que je me foutais royalement de tout et surtout de la morale, d'autre part parce que c'est très bien payé. C'est chaque fois le même principe : tu reçois un nom, un prénom et une photo. Puis tu te démerdes avec. Tu as une semaine pour faire le job et éliminer la cible. Tout se fait à l'oral lors d'un unique rendez-vous. À l'ancienne : pas de traces, pas de téléphone, pas d'Internet, pas d'explication. Tu ne connais ni les raisons de la condamnation ni les intermédiaires.

– Ce jour-là, à la Concorde, l'homme au manteau rouge vous a demandé d'éliminer quelqu'un, c'est ça ?

Il hocha la tête.

– Moi ?

– Non.

– Alors qui ?

– Angélique Charvet.

– Pour quelle raison ?

Taillefer esquissa une moue.

– J'y ai beaucoup réfléchi depuis. Je pense que les parents Sabatini font partie des cent familles et qu'Angélique a dû chercher à les pigeonner d'une manière ou d'une autre. Ta mère qui était toujours aux aguets et à la recherche de fric facile a dû le comprendre et essayer de la faire chanter. Angélique l'a supprimée.

Louise laissa passer un long silence.

Pour la première fois, elle visualisait l'horreur de la scène. L'infirmière en train de balancer Stella par-dessus la rambarde. La brutalité de la mort de sa mère. Et cela lui était insoutenable. Un poignard dans la chair.

– Je vais vous aider à retrouver Angélique Charvet, affirma-t-elle.

Nouveau silence.

– Je vais vous aider à la retrouver. Et c'est moi qui vais la tuer.

Elle s'était levée de la table basse et paraissait décidée. Taillefer la calma dans ses ardeurs.

– Il faut que tu oublies cette histoire. Ce sont des choses qui te dépassent et qui me dépassent moi-même. Tu n'es pas…

Il tourna la tête pour la chercher du regard, car elle était sortie de son champ de vision. Lorsqu'elle réapparut, elle s'était emparée du bronze de Venet.

Taillefer vit la sculpture lui arriver dans la gueule à une vitesse supersonique. Il n'eut même pas le temps de porter ses mains au visage pour se protéger.

16

La nuit noire de l'âme

Il y a un compagnon avec lequel on est tout le temps, c'est soi-même : il faut s'arranger pour que ce soit un compagnon aimable. Qui se méprise ne sera jamais heureux.

Jean GIONO

1.

Putain…

Comme un bleu.

Taillefer s'était fait avoir comme un bleu-bite. La sculpture en bronze qu'il avait prise en pleine gueule avait failli l'éborgner. Le coup l'avait en tout cas laissé groggy un long moment. La petite garce avait à son tour profité de sa perte de connaissance pour le ligoter sur la chaise. Il poussa un hurlement de rage et essaya de toutes ses forces de faire péter ses liens. Mais Louise avait tendu les Serflex au maximum et elle savait faire des nœuds.

Retour à l'envoyeur.

La honte.

Son arcade sourcilière avait pissé le sang, il sentait les traînées d'hémoglobine séchée en train de se craqueler sur son visage. Combien de temps était-il resté inconscient ? Il faisait nuit noire, mais en hiver cela ne suffisait pas pour se situer dans la journée. Il entendait au loin les aboiements de Titus. Louise avait enfermé le chien à l'étage avant de se barrer.

Nouveau hurlement de rage.

L'envie de tout casser.

Il se concentra pour évaluer la situation. Elle ne pouvait pas être pire. Où était Louise en ce moment ? Quels étaient ses projets ? Prévenir la police ? Essayer de tuer elle-même Angélique Charvet ? Taillefer avait doublement failli. Le tribunal du point d'honneur risquait de voir son existence rendue publique à cause de lui. Dans le meilleur des cas, il allait terminer sa vie en prison. Dans le pire, il allait crever ici comme un clebs.

Il *devait* tenter quelque chose. Il pesa de tout son poids pour faire basculer la chaise qui chavira sur le côté. Le choc lui fracassa l'épaule. Il serra les dents et essaya de ramper sur le parquet, mais il ne put aller bien loin. Ne pas se résigner. C'est dans les situations inextricables que l'esprit humain est normalement le plus inventif. Sauf que là…

Il ferma les yeux.

Malgré tous ses tracas, une pensée était bien présente dans sa tête : Lena était venue au rendez-vous. Il avait du mal à y croire. Peut-être que Louise l'avait mené en bateau. La souffrance liée à cet amour déçu continuait à le torturer. Des questions restées sans réponses claires le hantaient toujours, comme s'il était passé à côté de quelque chose. Il ne voulait pas s'enflammer, mais au moins Lena ne l'avait pas oublié et n'avait pas tiré un trait définitif sur leur relation. À l'heure actuelle c'était la seule petite escarbille à laquelle il pouvait se raccrocher.

Pour le reste…

Il comprit d'un coup pourquoi il avait froid au niveau des cuisses. Parce qu'il s'était pissé dessus. Humiliation sans retour qui le fit chialer comme un gosse. Il allait mourir, là, dans sa pisse et sa merde. Quel épilogue sordide. Il imaginait déjà les trois lignes dans *Le Parisien.*

Square de Montsouris :
un ancien policier retrouvé mort
saucissonné dans sa maison

La brève occasionnerait trois retweets moqueurs sur les réseaux sociaux. *Putain…* Ça ne pouvait pas finir comme ça.

Il repensa à Stella Petrenko. Dès le début, il avait éprouvé une sorte de cousinage avec la danseuse. Même existence marquée par les déconvenues. Même corps couturé. Même impuissance à redresser la barque. La pièce qui ne retombe jamais du bon côté. La vie qui s'acharne. Qui vous déchire et vous noie à force d'épreuves trop difficiles à surmonter.

Il s'apitoya encore un moment sur son sort. Pleurer lui avait toujours fait un bien fou. L'angoisse, la peur, la rage descendirent de plusieurs crans. Chialer était un Lexomil 100 % naturel. Dieu faisait parfois bien les choses.

Puis le temps s'étira encore. À travers la fenêtre, il voyait la nuit avancer sans savoir s'il était neuf heures du soir ou trois heures du matin. Combien de temps resta-t-il prostré ainsi ? Vingt minutes ? Une heure ? Davantage ? À un moment, il reprit espoir lorsqu'il aperçut Titus qui jappait de l'autre côté de la fenêtre.

— Bon chien ! Bon chien ! lança-t-il en gigotant pour qu'il remarque sa présence.

Le beagle avait dû réussir à fuir sa prison. Il avait repéré son maître et était déchaîné, aboyant comme si sa vie en dépendait. Un voisin allait peut-être avoir la curiosité de venir voir ce qui se passait.

Mais les minutes défilèrent et rien n'arriva. La terrasse et le jardin ne donnaient pas sur la rue et étaient dépourvus de vis-à-vis. L'espoir retomba presque aussi vite qu'il était apparu. Le temps continua à se dilater, les pensées de Taillefer divaguèrent, perdirent en acuité et peut-être même sombra-t-il quelques minutes dans le sommeil.

Un bruit finit toutefois par le sortir de sa torpeur. Le grincement prolongé d'une chaise de jardin qui lui fit reprendre ses esprits. Une torche balaya la terrasse. Il y avait quelqu'un ! Taillefer hurla : « À l'aide » en espérant se faire entendre.

Pendant un bref instant la lumière disparut.

Merde.

– Au secours ! hurla-t-il de nouveau.

Une ombre apparut derrière la vitre. Un homme vêtu d'une parka à capuche qui masquait son visage. Taillefer plissa les yeux. Il ne parvenait pas à distinguer les traits du visiteur. L'homme pointa sa torche à l'intérieur du salon. Le trait de lumière s'attarda sur le visage du flic. Puis l'ombre s'empara d'une chaise qu'elle projeta à deux reprises dans la porte-fenêtre. À la troisième tentative la vitre vola en éclats. Taillefer observa, anxieux, la silhouette qui se rapprochait.

Ami ou ennemi ?

L'inconnu s'agenouilla, et c'est alors que Taillefer distingua son visage.

C'était Romuald Leblan.

2.

– Il va falloir m'expliquer ce que tu fous là. Et tu as intérêt à te montrer convaincant.

Il était plus de deux heures du matin. Dix minutes s'étaient écoulées depuis que le geek avait délivré

Taillefer de ses liens. Le flic s'était changé. Les deux hommes s'étaient assis au comptoir de la cuisine. Taillefer avait préparé du café et Romuald était en train de lui nettoyer l'arcade sourcilière avec un coton et de l'alcool.

— Vous pourriez commencer par dire merci, non ?

— Je te remercierai une fois que j'aurai les tenants et les aboutissants de la situation. Je me méfie des mecs comme toi.

— Moi en tout cas, je ne me fais pas pipi dessus.

— Non, mais ta mère m'a dit que tu pissais parfois dans des bouteilles en plastoc parce que t'avais peur de sortir de ta chambre pour aller aux toilettes. Ce n'est pas plus glorieux, non ?

— N'importe quoi !

— Et fais gaffe avec ton coton, tu es en train de me cramer l'œil !

Taillefer avait retrouvé du jus. Il éprouvait à présent un soulagement infini tant il avait eu peur. Une sensation grisante. Le vieux lion n'était pas encore mort. Pour une fois, la chance semblait lui sourire en lui permettant de jouer les prolongations. Mais avant de se réjouir complètement, il fallait qu'il comprenne les dessous de l'intervention du geek et qu'il retrouve Louise Collange.

— Raconte-moi comment tu as atterri ici, garçon. Je croyais que tu ne quittais jamais ton nid douillet.

Romuald peina à trouver ses mots :

– C'est juste que… c'est cette fille, là…, commença-t-il en s'empourprant.

– Quelle fille ?

– La jeune fille blonde qui était avec vous lorsque vous êtes venu m'interroger. Louise, la fille de Stella Petrenko.

– Ouais et alors ?

Romuald colla un gros pansement en travers du sourcil épais de Taillefer.

– Je l'avais déjà repérée de ma fenêtre lorsqu'elle venait voir sa mère. J'ai totalement flashé sur elle.

Le flic soupira. Il n'avait aucune intention de jouer les chaperons pour ce jeune boutonneux. Il brusqua le gamin pour le forcer à accélérer son récit.

– Bon et alors ? En quoi ça explique ta présence ici ? Crache ta Valda, putain !

– OK ! OK ! Pas la peine de crier. Ce matin, juste avant votre départ, j'ai glissé un de mes AirPods dans son sac à dos et l'autre dans l'une des poches de sa parka.

– Késako ?

– Des AirPods ? Des écouteurs sans fil.

– Pourquoi tu as fait ça ?

– Pour pouvoir localiser Louise.

Taillefer commençait à comprendre. À l'intérieur des écouteurs Bluetooth était placée une petite balise qui permettait à leur propriétaire de les retrouver en cas de perte.

— Mais tu avais quelle idée derrière la tête au juste ? Qu'est-ce qui cloche dans ta caboche ? Tu ne peux pas pister les gens sans leur consentement. Tu comprends ?

— C'est quand même grâce à ça que je vous ai libéré. Sans mon initiative vous seriez encore en train de moisir dans votre pisse.

Taillefer hésita à écraser la tête du gamin sur le plan de travail puis choisit *in extremis* la pédagogie :

— Ce n'est pas une raison. Tu dois avoir un minimum de principes dans la vie : des lignes de conduite que tu respectes quoi qu'il en coûte. Tu piges ?

Mais le geek n'écoutait pas. Il avait sorti son ordinateur de son sac à dos, l'avait connecté à son téléphone et avait ouvert l'application de géolocalisation d'Apple.

— Lorsque j'ai commencé à tracer Louise, j'ai cru qu'elle habitait ici.

— Non, ici c'est chez moi, corrigea Taillefer.

— Mais au bout d'un moment, les deux écouteurs ont pris des directions différentes. L'un est resté ici tandis que l'autre s'est mis en mouvement.

Taillefer grimaça. Quelque chose le chiffonnait. Il tourna la tête vers le canapé et eut la réponse qu'il cherchait : dans la précipitation, Louise était partie sans emporter son manteau. Il se leva pour attraper la parka et trouva l'écouteur droit dans l'une des poches.

— Et l'autre ? demanda-t-il. Où est-elle allée ensuite ?

— Je crois que Louise est partie en voyage, répondit Romuald.

— En voyage ?

— La dernière fois que j'ai regardé, la balise bornait à l'aéroport d'Orly.

— Montre-moi ça.

Sur l'écran, l'écouteur gauche, probablement toujours dans le sac de Louise, se matérialisa par un petit cercle sur une carte de la banlieue sud de Paris. Lorsque le geek zooma, l'enchevêtrement des quatre terminaux d'Orly apparut, mais en s'approchant davantage on constatait que la puce se trouvait aux abords de l'aéroport, plus précisément à l'hôtel Mercure.

Cette nouvelle rassura le flic. Presque aucun avion ne s'envolait au milieu de la nuit. Louise avait dû avoir des velléités de départ, mais la crise sanitaire avait réduit le programme aérien et sacrément compliqué les vols internationaux. Mais si elle avait pris une chambre d'hôtel à proximité c'est qu'elle avait dû trouver un billet pour le lendemain. *Pour aller où ?*

3.

Le geek le sortit de sa réflexion.

— Dites, c'est quoi votre prénom ? demanda Romuald.

— Mathias, mais tout le monde m'appelle Taillefer.

— Ça vient d'où ?

— C'est le nom d'un petit massif alpin en Isère d'où la famille de mon père est originaire.

— Pourquoi vous étiez ligoté à cette chaise, Mathias ?

Le flic considéra le gamin devant lui avec sa coupe au bol improbable et sa gueule de puceau.

— C'est pas tes affaires et c'est trop long à t'expliquer.

— Si vous n'êtes plus flic, c'est quoi votre job ?

— Je ne peux pas te répondre, ça mettrait ta vie en danger.

— Ça ne serait pas une grande perte.

— Je t'arrête tout de suite : je ne suis pas ta mère et je ne vais pas m'apitoyer sur ton sort. J'ai suffisamment à faire de mon côté.

— Vous ne rechercheriez pas un apprenti par hasard ?

— Un apprenti ?

— Oui, une sorte de stagiaire. Je pourrais vous rendre des services. Je peux vous faire à manger par exemple. Vous n'avez pas faim d'ailleurs ? Moi je me ferais bien une omelette avec un chocolat chaud.

— J'ai la dalle moi aussi. J'ai besoin de réfléchir et je n'y arrive pas le ventre vide. Mais on va se répartir les tâches autrement. Moi, je prépare la bouffe et toi, tu fais des recherches sur ta bécane, OK ?

Taillefer n'osait pas trop le dire, mais il était un peu désemparé devant les nouvelles technologies. Il aimait les livres, moins les écrans et les machines. Étrangement, Romuald doucha son enthousiasme.

– Autant vous prévenir, il n'y a que ma mère pour croire que je suis un hacker génial. En vérité, je suis juste un amateur qui fait parfois illusion.

La franchise du geek était désarmante, mais pour le coup Taillefer était certain qu'il se sous-estimait. Il lui raconta l'histoire dans les grandes lignes. Louise et lui étaient à la recherche d'Angélique Charvet, l'infirmière qui avait attiré les soupçons de Romuald et dont ils avaient de bonnes raisons de penser qu'elle avait tué Stella Petrenko et peut-être Sabatini. Tout en parlant, il avait cassé des œufs dans un bol et commençait à les battre avec une fourchette.

– Charvet a quitté précipitamment Paris il y a trois mois. Trouve-moi tout ce que tu pourras sur elle.

Il versa le mélange dans la poêle, attrapa deux tranches de pain de mie qu'il disposa sur les œufs. En attendant, il piocha dans le bac de son frigo une bouteille de bière légère.

– Vous savez si elle a un copain ? demanda Romuald en levant la tête de son écran.

– Angélique Charvet ? J'en sais rien. Creuse la piste, ça peut être intéressant.

– Non, Louise !

– Mais qu'est-ce que ça vient foutre là ? Canalise ton attention sur ce que je t'ai demandé. Si tu veux que je te prenne à l'essai, montre-moi que tu es capable de te concentrer plus de trois minutes.

Il rajouta du fromage et du jambon et retourna les pains de mie avant de les plier l'un sur l'autre. En attendant la fin de la cuisson, il décapsula sa bouteille. Il aimait la bière glacée et s'était aménagé un compartiment spécifique dans son frigo pour la conserver à une température proche de zéro. La magie de la première gorgée lui apporta un réconfort certain, mais dans un second temps une vague de froid le saisit et le fit tressaillir. Il posa sa main sur son front : il était brûlant.

*Mince, l'*egg *sandwich…*

Il retira précipitamment la poêle du feu et fit glisser le repas de Romuald dans une assiette.

— Bon appétit, dit-il en posant devant le geek le sandwich et des couverts.

— Ça a l'air bon, merci !

— Tu es sûr que tu veux un chocolat chaud avec ça ?

— Une bière comme vous fera l'affaire. Vous ne mangez rien ?

— J'ai plus faim, finalement. Plus tard, peut-être.

— Vous avez l'air épuisé.

— Oui, je suis vanné depuis ce matin et j'ai eu une journée compliquée. Bon, tu as trouvé quelque chose ?

— Peut-être. Je pense que Louise a l'intention de se rendre en Italie.

— Explique.

— La présence d'Angélique Charvet sur le Net est limitée, mais dans les ajouts récents, voilà ce qu'on trouve.

Romuald fit pivoter l'écran de son MacBook en ajoutant :

– Je suis à peu près sûr que Louise a dû tomber sur cette information et que ça l'a décidée à prendre un billet pour Venise.

Taillefer se pencha et plissa les yeux pour déchiffrer le texte.

Fondation AcquaAlta - La Française Angélique Charvet nommée conseillère spéciale

COMMUNIQUÉ DE PRESSE

Le conseil d'administration de la Fondation AcquaAlta s'est réuni le 9 décembre dernier. À cette occasion, Mlle Angélique Charvet a été nommée conseillère spéciale auprès de la présidente sur proposition de Lisandro et Bianca Sabatini.

Mlle Charvet sera notamment chargée de veiller au développement et au rayonnement de l'espace d'exposition de la collection Sabatini à Venise.

Dans un communiqué, Bianca Sabatini s'est félicitée de ce choix : « Le conseil d'administration est persuadé que l'enthousiasme et la générosité d'Angélique Charvet lui permettront de conduire à bien cette mission. »

Créée en 1984, la Fondation AcquaAlta est l'une des plus importantes fondations transalpines. Elle finance des projets tournés vers les arts, l'éducation et l'autonomie des femmes. Elle possède une des plus importantes collections italiennes d'art moderne et contemporain.

Mlle Charvet prendra ses fonctions le 3 janvier prochain. La première exposition sous sa direction sera une rétrospective posthume de l'œuvre de Marco Sabatini intitulée « Le jeune homme face à l'armée des morts ».

Romuald s'était pris au jeu.

– J'ai cherché : les Sabatini possèdent une demeure à Venise, le palais Veziano.

Taillefer se massa les paupières. Il y avait beaucoup d'inconnues dans le raisonnement du geek, mais c'était une carte à jouer. Il se leva pour prendre son portefeuille qu'il avait laissé dans un vide-poche près de l'entrée.

– Essaie de me réserver un billet pour Venise au départ d'Orly, demanda-t-il à Romuald en lui tendant sa carte de crédit. Le plus tôt sera le mieux.

Leblan surfait à la vitesse de l'éclair.

— Il y a un vol EasyJet à sept heures quinze, mais il est complet.

— Le suivant ?

— Il reste des places sur celui de huit heures trente-cinq.

— OK, valide. Prends-moi un truc confortable.

S'ensuivirent de longues palabres pour remplir en ligne le formulaire de traçabilité nécessaire à cause de la pandémie. Il fallait également un test PCR de moins de quarante-huit heures, mais le geek assurait pouvoir le falsifier facilement.

— Vous n'avez pas l'air frais, sauf votre respect.

— Fais au mieux, grogna Taillefer.

— Je voudrais creuser encore un peu quelque chose : Angélique Charvet possède une adresse mail sur le serveur de la Fondation AcquaAlta. J'aimerais essayer de récupérer son mot de passe s'il n'est pas trop compliqué, mais ça va prendre du temps.

— OK, garçon, fais comme chez toi. Et en tant qu'assistant, tu viendras voir Titus demain si je ne suis pas rentré.

En prévision du voyage, Taillefer remplit le distributeur de croquettes et, pendant que le geek continuait à travailler, s'allongea un instant dans son fauteuil, les pieds croisés sur la table basse. Ce n'était pas un simple coup de pompe. Il sentait ses muscles se raidir et des frissons monter au niveau de ses cuisses, des bras, du bas du dos, annonçant une poussée de fièvre.

Manquait plus que ça… C'était son point faible, il le savait et le redoutait. La fièvre pouvait le laminer et le laisser KO pendant plusieurs jours. Les frissons se firent plus intenses. Taillefer serra les dents pour les empêcher de claquer, remonta le plaid sur son ventre et sa poitrine. Son pouls s'accéléra. C'était un mécanisme classique de défense de l'organisme, mais chez lui, depuis tout petit, ça prenait des proportions alarmantes. Un blessé agonisant des jours sur un champ de bataille déserté. Ses mains étaient gelées. Il mourait de soif. Il s'imagina en train de se désaltérer à une source glacée. L'eau avait une couleur d'or et le goût de jus de pomme. *Bordel, je délire déjà !* Il ferma les yeux, décida de s'accorder une minisieste de dix minutes, un quart d'heure. Ensuite, il prendrait un Doliprane et…

Office notarial Giuseppe Rossi
Via Magenta, 24
10128 Turin
Italie

Mlle Angélique Charvet
Palazzo Veziano
Calle Tiepolo, 1364
30125 Venezia VE
Italie

Turin, le 9 décembre 2021

Chère Madame,

Je vous confirme par la présente que votre requête en établissement de la filiation par possession d'état a été validée aujourd'hui par le tribunal des affaires familiales de Turin.

Cette validation établit de façon incontestable la filiation *post mortem*, sans nécessité d'expertise génétique, entre votre enfant à naître et M. Marco Sabatini.

Cette filiation a été établie notamment sur la foi des déclarations de trois témoins et d'autres documents produits devant le tribunal attestant une réunion suffisante de faits concordants au sens de l'article 23-b.

En conséquence, je me permets de joindre à cette lettre un acte de notoriété faisant foi de la possession d'état jusqu'à preuve contraire. Ledit acte sera mentionné en marge de l'acte de naissance de l'enfant.

Je vous prie d'agréer, chère Madame, l'assurance de mes sentiments respectueux et reste à votre disposition pour toutes précisions complémentaires.

Giuseppe Rossi

17

Lena Khalil

Chacun porte en soi sa propre guerre, qu'il doit assumer, gagner ou perdre, tout seul, selon sa justice personnelle.

Jerzy KOSINSKI

1.

Jeudi 30 décembre.

Lorsque l'alarme de son téléphone sonna – un rythme de mamba endiablé parfaitement inapproprié à la situation – Mathias Taillefer crut qu'il s'agissait d'une erreur. Il n'avait pas l'impression de s'être endormi et pourtant, il était bien six heures trente du matin. Il essaya de se mettre debout mais marqua une longue pause, vaincu par son état fébrile. Ses articulations étaient rouillées, il grelottait, perclus de maux de tête et de courbatures.

Pris de vertiges, il réussit à se traîner jusqu'à la salle de bains mais renonça à prendre une douche. Il se contenta de rassembler son kit de survie pour se soigner. Doliprane 1000, Ésoméprazole pour les brûlures d'estomac, vasodilatateur pour le nez bouché. Plus tous ses médocs de patient greffé. Il s'habilla au prix de mille efforts, appela un taxi et n'essaya même pas d'avaler un café.

Romuald avait déserté, mais il avait bossé comme un chef, laissant bien en évidence les documents qu'il avait imprimés : billet d'avion, test PCR daté de la veille, ainsi qu'une lettre adressée à Angélique par un notaire italien qu'il avait dû parvenir à extraire de sa boîte mail. Il rangea ses médocs et les papiers dans un cartable en cuir et attendit le taxi assis sur son canapé, les yeux clos, un gant de toilette rempli de glaçons sur le front, son chien sur les genoux.

Lorsque la voiture arriva, il sortit dans la nuit sous la pluie mordante et glacée, s'engouffra dans l'habitacle et resta prostré pendant tout le trajet, le corps verrouillé, le cerveau figé. Il se dit qu'il n'allait pas y arriver. Il n'avait plus de souffle, plus de carburant dans le réservoir. Il s'accrocha malgré tout, crispé, essayant de grappiller quelques minutes de repos avant d'affronter la foule. Il fallait courber l'échine en attendant que le paracétamol produise ses effets. Réussir à embarquer coûte que coûte.

Orly. À peine moins plombant que Roissy, le pire aéroport des grandes capitales touristiques. L'aéroport qui vous faisait détester Paris avant même d'avoir mis un pied à Paris. Covid oblige, cette fois ADP avait au moins une bonne raison pour justifier le bordel ambiant : queues interminables, manque d'infos, je-m'en-foutisme de certains agents, agressivité des voyageurs. Chaque fois cette même impression d'être réduit à du bétail. À nouveau, Taillefer prit sur lui, essayant de se mettre en veille pour économiser sa maigre énergie. Il perdit une demi-heure à passer les contrôles de sécurité, arriva à la bourre à l'embarquement et fut un des derniers à pénétrer dans l'avion. Surprise : le vol était loin d'être plein. Le changement des règles de voyage dû à la crise sanitaire avait surpris nombre de voyageurs qui s'étaient vu refuser l'embarquement faute de documents appropriés. Taillefer se faufila dans la travée jusqu'à la dix-huitième rangée. Là, il proposa à une retraitée en surpoids de lui céder son siège placé à l'avant contre « la place du con » qu'elle occupait : un siège à l'arrière en sandwich, ni au hublot ni sur l'aile. La femme s'empressa d'accepter et Taillefer s'installa dans son fauteuil à côté de Louise, qui se réveilla à ce moment-là. En le reconnaissant, la jeune fille poussa un cri de surprise.

Elle n'avait pas l'air tellement plus en forme que lui. Visage blême, cheveux filasse, cernes sous les yeux, regard fragile.

— Tu n'as pas été très gentille avec moi, commença-t-il en désignant de son index la balafre au niveau de son sourcil.

« … En tant que chef de cabine, je suis heureuse
de vous accueillir à bord de cet Airbus 320.
L'embarquement est à présent terminé.
Nous allons bientôt décoller pour Venise
Marco-Polo… »

— Malgré tout, je ne t'en veux pas et je me suis même levé très tôt ce matin pour t'empêcher de faire une bêtise.

« Notre temps de vol est estimé à une heure
et trente-cinq minutes. Vous trouverez
en face de vous la notice de sécurité. »

— On avait commencé une petite conversation tous les deux lorsqu'on a été interrompus. Comme on va avoir pas mal de temps pour discuter, j'aimerais bien qu'on la reprenne.

2.

L'avion volait à présent au-dessus de la masse des nuages. La pollution parisienne et le ciel plombé avaient cédé la place à un matelas ouaté, coloré de rose. On respirait nettement mieux trente mille pieds au-dessus de la connerie humaine. Le retour de la lumière naturelle et les effets du paracétamol avaient un peu requinqué Taillefer. Louise aussi se sentait mieux. Un café et une madeleine l'avaient aidée à émerger et à présent elle était lancée dans son récit.

— Mardi soir, comme vous me l'avez demandé, je me suis rendue dans ce restaurant italien près de la place de Furstemberg.

— Le Numéro 6.

— Je suis arrivée en retard. J'étais repassée chez moi enfiler une robe un peu habillée pour éviter qu'on me prenne pour une gamine. Lorsque j'ai débarqué, Lena n'était pas encore là et je me suis installée au bar. Moins de cinq minutes après elle est entrée. Je l'ai reconnue tout de suite, car elle était comme vous me l'aviez décrite : méditerranéenne, la quarantaine, très brune, la peau mate et les yeux clairs.

Taillefer écoutait, sur le qui-vive, les sens en alerte, s'attendant à tout… et à rien.

— Elle s'est approchée du bar et a dit qu'elle avait une réservation au nom de Lena Khalil. Pas Haddad, Khalil. Ce n'était pas le nom que vous m'aviez donné et j'ai décidé d'en apprendre plus. Et de ne vous en parler que quand j'aurais une explication. Je me disais qu'avec vous, tout était toujours question de monnaie d'échange, je ne savais pas encore à quel point…

— Allez, viens-en au fait, coupa Taillefer.

— Elle s'est assise à côté de moi au bar sans me remarquer. Elle était anxieuse, les yeux alternativement rivés sur son téléphone et sur les clients qui poussaient la porte du resto. J'ai attendu comme ça

une vingtaine de minutes sans savoir quoi faire, puis elle s'est levée pour aller aux toilettes et j'ai saisi l'occasion pour vous appeler.

— Et après ?

— Après, Lena est revenue s'asseoir et a essayé d'attirer l'attention du barman pour commander un autre Martini. C'est là que j'en ai profité pour…

— … Pour quoi ?

— J'ai laissé un billet de dix euros sous mon verre de Perrier et je suis repartie en emportant son téléphone portable qu'elle avait posé sur le comptoir.

— Tu lui as piqué son téléphone ! Mais pourquoi ?

— Pour comprendre, pardi ! Je ne suis pas allée très loin. J'ai trouvé refuge dans un bar de la rue de Buci et je me suis assise à une table. Le portable n'avait pas eu le temps de se verrouiller. J'ai fait défiler les photos, j'ai lu ses mails et ses notes. Dans son téléphone il y avait presque toute sa vie. Quelques clics sur des sites d'info m'ont permis de reconstituer l'intégralité de l'histoire, mais ce n'est pas celle que vous m'aviez racontée.

— Je ne t'ai raconté aucune histoire.

— C'est vrai. Alors disons que ce n'est pas celle que Lena vous a racontée.

Louise sortit son propre téléphone de son sac et balaya l'écran pour visionner et commenter les clichés volés qu'elle avait rapatriés sur son appareil.

— Années 2010, Lena Khalil, vétérinaire de trente ans, habite à Beyrouth avec son mari, Simon Verger, professeur au lycée franco-libanais. Simon est originaire de Biarritz. Il a rencontré sa femme lors d'un échange Erasmus dans le pays du Cèdre.

Déjà tendu, Taillefer agrippa l'accoudoir de son siège, comme s'il avait l'intention de le pulvériser.

– Le couple s'est marié en 2011. Un premier enfant arrive en 2013, un garçon prénommé Baptiste, suivi en 2015 par une petite Anna. Tout va alors pour le mieux dans le meilleur des mondes.

Taillefer avait changé ses lunettes et regardait sur l'écran les photos des jours heureux. Le bonheur affiché lui brûla les tripes comme un jet d'acide. Le ressentiment et l'amertume étaient des poisons, mais s'agissant de son histoire avec Lena, il ne parvenait pas à faire preuve de grandeur d'âme.

– Le drame se produit à l'été 2016, continua Louise. Simon Verger perd la vie lors d'une balade familiale en bateau sur la côte basque. Alors qu'il se baigne avec ses enfants, Simon est percuté par un jet-ski et meurt pendant son transport à l'hôpital.

Taillefer fronça les sourcils. Il imaginait l'horreur, la mort soudaine qui éclabousse sans prévenir. Lena dévastée, deux enfants très jeunes se retrouvant orphelins, l'injustice insupportable de perdre son père du jour au lendemain sans l'avoir vraiment connu. Mais pourquoi Lena ne lui avait-elle jamais parlé de la mort de son mari ? Pourquoi en avoir fait un obstacle à leur relation si celui-ci était décédé ?

– Les mois et les semaines qui suivent sont dévastateurs, poursuivit Louise. Lena Khalil ne parvient pas à faire son deuil. Elle se met en congé de son travail, retourne s'installer chez sa mère, sombre dans la dépression.

Taillefer ressentit une douleur thoracique comme si son cœur se contractait. Il chercha à reprendre son souffle, essuya avec sa manche son front couvert de sueur. À sa curiosité initiale avait succédé l'angoisse de savoir. La vérité n'était plus l'objet d'une quête, mais un péril inquiétant qui menaçait de rompre les maigres fondations grâce auxquelles il tenait encore debout.

– Elle finit par être hospitalisée en psychiatrie, d'abord à Beyrouth, puis à l'hôpital Sainte-Anne à Paris…

Il avait la sale impression que Louise venait de placer une bombe sous son siège. L'impression qu'il venait de passer à côté d'une révélation essentielle. Il y avait *autre chose* à comprendre, mais il ne voyait pas quoi. Louise déroulait son récit.

– Un jour, en faisant des recherches en ligne, Lena tombe sur un article de *Nice-matin*. Un papier qui parlait de votre greffe cardiaque.

Il se souvenait vaguement de ce truc. Après l'opération, il était resté trois semaines dans un centre de convalescence spécialisé près de Vence. Il n'avait pas le moral et il s'emmerdait sec. Il s'était laissé convaincre par une journaliste de participer à l'opération que menait chaque année le journal local pour inciter au don d'organes.

Louise lui tendit l'article froissé qu'elle avait imprimé depuis le site web du quotidien. Le flic parcourut le titre et le chapeau :

TÉMOIGNAGE

Mathias Taillefer, cœur battant grâce à une greffe

« Je suis conscient de ma chance », affirme l'officier de police pensionnaire de la Maison des Cimes, après avoir reçu un nouveau cœur le mois dernier.

— Dans l'article, la journaliste disait que vous attendiez cette greffe depuis longtemps.

Le visage de Taillefer se crispa.

— C'est vrai, mais…

— Elle en évoquait la raison : vous appartenez à un groupe sanguin rare, le Vel négatif. Je connais ces questions, je les ai étudiées en deuxième année de médecine : le Vel négatif est très peu fréquent. On en a officiellement recensé moins de quatre cents personnes en France. Si on transfuse une personne Vel négatif avec du sang Vel positif, elle va développer des anticorps qui vont s'attaquer au marqueur Vel et provoquer la destruction du sang transfusé.

— Oui, et alors ? balbutia le flic.

Il se sentit défaillir, comme si on le privait soudain totalement d'oxygène. Louise assena le coup de grâce.

– Simon Verger, le mari de Lena, appartenait comme vous au groupe Vel négatif. Il faisait partie des rares personnes de ce groupe à être inscrites dans le fichier des donneurs actifs et, si l'on s'en tient à la date de son accident et à celle de votre greffe, il n'y a quasiment aucun doute : c'est de lui que vous tenez votre cœur.

Vertiges, sueurs, essoufflements. Pièce après pièce, le puzzle terrible finissait d'être assemblé sous ses yeux, dévoilant une réalité insoutenable : Lena s'était mis en tête de retrouver le patient qui avait bénéficié de la greffe du cœur de son mari. Une image surgit du tréfonds de sa mémoire : cette façon qu'avait Lena lorsqu'ils étaient allongés tous les deux de poser sa tête sur sa poitrine. Elle pouvait rester une éternité dans cette position, mais ce n'était pas les battements du cœur de Taillefer qu'elle écoutait, c'était ceux du cœur de son mari.

Le flic était terrassé, mortifié, bombardé de sentiments extrêmes : rage, haine, humiliation, désir de vengeance. La seule parenthèse enchantée de son existence n'était qu'une supercherie. La seule période de bonheur de sa vie était une mystification. Une crapulerie. Une fraude.

Il serra les poings. L'envie de tout défoncer. Puis de se foutre en l'air.

Ce n'est pas lui que Lena avait aimé. Il avait juste servi d'intermédiaire pour des retrouvailles *post mortem* avec son défunt mari.

– Je pense que Lena est vraiment tombée amoureuse de vous, Mathias, assura Louise pour calmer la colère qu'elle voyait monter. Mais elle n'a pas osé vous avouer la vérité par crainte de votre réaction.

Mais Taillefer ne l'écoutait plus. Son cerveau se liquéfiait, se transformant en lave brûlante. Une autre image se forma dans ce chaos : celle d'un poignard qui transperçait son cœur pour tuer Simon Verger une deuxième fois. Il retira son masque pour ne pas étouffer et prit une gorgée d'eau. Un goût métallique se forma dans sa bouche. Salé, ferrugineux.

Le goût du sang.

18

Deux assassins dans la maison

Tant que tu peux revenir,
Tu n'as pas vraiment fait le voyage.
Roger MUNIER

1.

Jeudi 30 décembre.

Venise.

Le canot en bois vernissé accosta sur le quai des Zattere. Le pilote – un garde du corps de la famille Sabatini – aida Angélique Charvet à descendre sur la voie piétonne qui suivait le front de mer.

La jeune femme était au comble du bonheur. Aujourd'hui était un jour particulier de sa nouvelle vie : sa première interview en tant que conseillère de la Fondation AcquaAlta pour présenter la future exposition des peintures de Marco Sabatini. Le rendez-vous avait été fixé par Bianca elle-même avec une journaliste du magazine *Vogue* dans un restaurant à deux pas de la Pointe de la Douane de mer. Le nom de Sabatini était un sésame qui ouvrait toutes les portes. Trois mois qu'Angélique en faisait l'expérience enivrante.

Fringues, bijoux, voyages, projets professionnels : il lui semblait à présent que ses désirs n'avaient plus de bornes.

Cheminant sur les pavés le long de la Giudecca, Angélique avait l'impression d'évoluer dans une carte postale des années 1960. Les fleurs aux fenêtres, les reflets vif argent du soleil sur le Grand Canal, le calme inhabituel surtout qui saisissait la ville. Le Covid avait eu ce mérite de purifier Venise des touristes des tour-opérateurs qui débarquaient des paquebots de croisière et asphyxiaient la ville sans états d'âme. La vitrine d'une boutique de masques vénitiens lui renvoya une image d'elle qui lui plut. Légère et enjouée, elle avait coupé et blondi ses cheveux, portait une robe noire, un manteau crème en cachemire et un adorable sac Capucines. Léa Seydoux dans une publicité pour Louis Vuitton.

Tout le monde lui disait que la grossesse lui allait à merveille. La dernière échographie l'avait troublée : le bruit du cœur qui bat à cent à l'heure, la forme du visage qui se précisait, la taille du fœtus qui avoisinait à présent les vingt centimètres. L'échéance se rapprochait. Bianca et Lisandro étaient aux anges et l'avaient accompagnée dans toutes les démarches. Bonne fille, elle leur avait laissé le choix du prénom du bébé à venir.

Angélique savourait chaque seconde de cette renaissance. Elle était exactement là où elle voulait être. Sa vie s'accordait désormais à l'image de Venise : aristocrate, élégante, subtile. Sérénissime ! Elle avait enfin trouvé sa place. Sans l'aide de personne. Elle avait façonné cette nouvelle existence toute seule, grâce à ses petites mains et grâce aux méninges qui se logeaient dans les quelques centimètres cubes de son cerveau. Pas mal pour une fille qu'on avait toujours prise pour une folle !

Au restaurant, on l'accueillit avec tous les égards dus à une Sabatini. La journaliste passa le déjeuner à la complimenter. Pour son travail, pour son physique, pour son humour, pour sa paire d'escarpins. Ça lui faisait tout drôle, la vitesse avec laquelle le regard des autres avait changé. C'était à la fois grisant et déprimant : la plupart des gens n'avaient ni véritable avis ni convictions. Ils suivaient la meute, hurlaient avec les loups, allaient dans le sens du vent, se pressaient d'adopter des comportements mimétiques de crainte d'être marginalisés. Un troupeau versatile, sans caractère, toujours pressé de faire allégeance dans la médiocrité.

La journaliste partie, Angélique s'attarda un peu sur la terrasse du restaurant. Un dernier *ristretto* face à la Giudecca. L'endroit était spectaculaire, offrant un panorama grandiose sur la partie sud de Venise. Installées sur pilotis, les tables et les chaises semblaient flotter sur l'eau. Une proximité qui, au bout d'un moment, pouvait vous donner le mal de mer.

La main en visière, Angélique repéra au loin la coupole et les campaniles de l'église du Rédempteur qui se découpaient sur un ciel mercure. Elle avait appris récemment l'histoire de ce lieu de culte, construit dans le dernier quart du XVIe siècle, alors que la peste venait de décimer la population vénitienne. Impuissants devant le fléau, le Sénat et le Doge n'avaient pas cessé d'implorer l'aide divine pour délivrer la cité de l'épidémie. L'édification de la basilique avait été le point d'orgue des offrandes faites au Créateur.

Angélique détourna le regard. Malgré ses lunettes de soleil la façade en marbre blanc l'éblouissait. Soudain, elle se sentit mal. Le café qu'elle n'avait pas terminé lui donnait la nausée. Elle n'avait pas si bien dormi la nuit précédente, et la fatigue commençait à se faire sentir. Le petit salopard dans son ventre n'avait pas arrêté de lui donner des coups. Elle s'était réveillée à trois heures du matin, percluse d'angoisse et d'inquiétude en se disant que les fondations de sa nouvelle existence n'étaient peut-être pas aussi solides qu'elle l'avait d'abord imaginé.

Elle se frotta les paupières. Elle avait mal au bassin et l'impression désagréable qu'une fleur de lotus était en train d'éclore dans son utérus. Ses seins étaient gonflés comme si le bambin allait naître dans la minute et qu'elle doive déjà l'allaiter.

Elle soupira. Son humeur avait changé. Elle quitta le restaurant avec le garde du corps et refit le chemin inverse jusqu'à l'Aquarama. En repassant devant la vitrine de la boutique de masques, elle chercha à retrouver l'image qui lui avait tellement plu deux heures plus tôt, mais cette Angélique avait disparu. Elle se trouva grosse comme une baleine, difforme, perdue.

Elle embarqua sur le Riva avec soulagement, espérant que le trajet en bateau vers le palais des Sabatini lui laverait la tête. *De l'air frais, vite!* En quittant le quai des Zattere, elle aperçut de nouveau la silhouette inquiétante de l'église du Rédempteur. Elle repensa aux origines du bâtiment. Une supplication à l'adresse de Celui qui avait racheté les péchés de l'humanité. N'en revenait-on pas toujours là: la tentation du mal, la peur, le désir illusoire de rédemption?

2.

L'atmosphère n'avait plus rien à voir avec celle de la fin de la matinée. Balayée par des rafales salées, la ville était devenue oppressante, presque hostile. Le ciel était bas, dense et gris, mais chargé de reflets orangés qui se faisaient de plus en plus vifs à mesure que le Riva fendait les flots du Grand Canal. La faute au sirocco, le vent chargé de sable qui remontait du Sahara et donnait des airs d'apocalypse à la cité lacustre.

Le canot tanguait, avec le vent de face. Recroquevillée sur la banquette arrière, emmitouflée dans son châle, Angélique sentit son cœur se soulever et demanda au garde du corps de diminuer la vitesse.

Où qu'elle regarde, elle voyait des Vénitiens s'activer, installant des passerelles d'appoint, surélevant les plates-formes existantes pour pouvoir continuer à circuler malgré l'incident climatique qui s'annonçait. Angélique avait mis l'information dans un coin de sa tête sans y accorder d'importance, mais la veille, le Centre des marées avait signalé un épisode préoccupant. Les cours d'eau étaient gonflés par les pluies abondantes de l'automne. Les habitants des zones basses ou à risques avaient reçu un SMS pour leur permettre de s'organiser et de relever les *paratia*, les plaques métalliques qui empêchaient l'eau de s'infiltrer par les portes et les fenêtres. Les sirènes avaient retenti un peu partout avec quatre sonneries, indiquant une marée prévue au-dessus de cent quarante centimètres.

Cette effervescence ne l'inquiétait nullement. Pour elle, ça faisait même partie du folklore de Venise. À intervalles réguliers, la place Saint-Marc et les rues adjacentes – la partie la moins élevée de la ville – étaient inondées. Les commerçants râlaient, les journalistes dégainaient leurs marronniers, les touristes mettaient leurs bottes et faisaient des selfies qu'ils postaient sur Instagram en se prenant pour Albert Londres.

L'Aquarama dépassa bientôt le Palazzo Grassi, Ca' Rezzonico et aborda la ligne droite vers le Rialto. À moins de trois cents mètres du pont, l'embarcation accosta un ponton privé qui desservait le palais Veziano, la demeure des Sabatini, une construction du XVIe à la façade en marbre multicolore surmontée de deux discrets obélisques.

Le palais ne rivalisait pas en taille avec les joyaux du genre, mais il avait fière allure. Trois étages trapus entre style gothique et Renaissance, un grand portique encadré de doubles fenêtres et aux étages supérieurs cinq travées de fenêtres séparées par des pilastres couleur turquoise. Une silhouette qui cadrait bien avec l'image que voulait se donner la famille : solidité, élégance, ancrage dans le passé pour mieux se projeter vers l'avenir.

Lisandro n'avait racheté que récemment ce *palazzo* qui au fil des siècles était resté dans les mains de la même famille de l'aristocratie vénitienne. Avec l'appui de la Municipalité, il était parvenu à évincer son concurrent, l'un des hommes d'affaires les plus riches de Singapour, et s'était lancé dans de lourds travaux de restauration qui avaient été interrompus par la crise sanitaire.

Sitôt descendue du Riva, Angélique s'engouffra dans le palais. Le hall d'entrée était plongé dans l'obscurité, seulement éclairé par une grande lanterne en fonte qui trônait au milieu du plafond. La bâtisse lui parut immense et froide. Où étaient le majordome et la gouvernante ? Bianca et Lisandro étaient absents depuis l'avant-veille. Angélique avait été invitée à les rejoindre le lendemain dans leur chalet des Dolomites pour fêter le passage à la nouvelle année. Mais pourquoi n'y avait-il aucun membre du personnel pour l'accueillir ?

Elle appuya sur les interrupteurs. Pas un ne fonctionnait. Elle voulut faire demi-tour pour prévenir le garde du corps, mais se souvint qu'il était reparti faire le plein d'essence de l'Aquarama. À défaut d'ascenseur, elle monta au dernier étage. À cause des travaux, c'était le seul habitable. Le reste de la demeure était dans un entre-deux, recouvert de draps blancs, de bâches de protection, encombré d'échafaudages et de projecteurs de chantier.

Les marches de l'escalier monumental lui donnèrent du fil à retordre. Arrivée à sa chambre de princesse, elle referma la porte derrière elle et envoya valser son manteau et ses talons. La pièce était typique des palais vénitiens : hauts plafonds couverts de fresques romantiques, sols en *terrazzo*, grand miroir et dorures. À travers un soupirail en demi-cercle, on apercevait le Grand Canal. Angélique se pencha pour observer la ville. À présent, il pleuvait de la boue. Noyée sous un filtre aux teintes sépia, Venise avait basculé dans un paysage aussi irréel qu'effrayant.

Angélique se déshabilla, passa une chemise de nuit et un cardigan en cachemire. La pièce était glaciale. Pourquoi avait-on coupé les radiateurs ? Elle tourna le robinet en fonte, mais il lui resta dans les mains. Elle avait des frissons, peut-être de la fièvre. *Cette saloperie de virus ?* Elle trouva refuge au fond de son lit. Sous une couverture boursouflée, lourde comme un âne mort. Elle avait l'impression qu'un poison inconnu était en train de la gangrener et de prendre possession de son corps. Elle resta ainsi longtemps, léthargique, avant de se dissoudre dans le sommeil.

Lorsqu'elle ouvrit les yeux, elle était toujours aussi agitée. Elle avait le sentiment de ne pas avoir réussi à dormir, mais un coup d'œil à son téléphone la détrompa. Il était sept heures du soir. La pièce était plongée dans le noir. C'est le vent sans doute qui l'avait réveillée en ouvrant la fenêtre mal verrouillée. Des rafales comme elle en avait peu connu qui grondaient, peut-être capables d'emporter la maison.

Angélique se leva pour aller fermer le vantail et regarda à travers la vitre qui ruisselait de pluie. Venise était enveloppée d'une bruine fantôme. L'eau du Grand Canal était noire comme de l'encre, mais c'est surtout le niveau des eaux qui était inquiétant. Le déluge devait déferler depuis plusieurs heures. Comme l'électricité était toujours défaillante, elle gratta une allumette pour enflammer la bougie d'un chandelier en argent posé sur la table de nuit. Alors qu'une lumière vacillante se répandait dans la chambre, une ombre prit forme, immense silhouette spectrale s'étirant pour avaler la moitié de la pièce. Nosferatu fondant sur Ellen. Le feu de Zeus foudroyant Sémélé. L'ombre du diable qui venait la chercher.

Angélique se retourna et poussa un hurlement en découvrant l'homme derrière la porte. Elle projeta de toutes ses forces le chandelier au visage de l'intrus et s'enfuit à toutes jambes. Tandis qu'elle courait pour lui échapper, une question la traversa : qui avait découvert et trahi son secret ?

3.

Elle s'appelait Angélique Charvet.

Dès qu'il l'avait vue traverser la salle des Enfants Terribles, Corentin Lelièvre avait su que cette fille n'était pas comme les autres. C'était un mardi soir du mois d'août. Il avait plu toute la journée et le bar du quai de Jemmapes n'était pas aussi bondé que d'habitude. Angélique portait une veste en velours vert, un jean, une chemise cintrée aux rayures blanches et bleues, des escarpins ouverts à talons carrés.

Hello ! Il lui avait fait un petit geste de la main pour se signaler et il avait clairement perçu le mouvement de recul qu'elle avait eu en le voyant. Il savait bien que les photos de son profil Tinder induisaient en erreur. Le visage d'Angélique s'était fermé. Pendant un moment, le journaliste avait cru qu'elle allait le laisser en plan, lui dire qu'il l'avait trompée sur la marchandise. Mais la jeune femme avait finalement accepté de s'asseoir et avait commandé un Lemon Drop. Pourquoi l'avait-elle d'emblée subjugué à ce point ? Elle avait une singularité, un côté décalé, difficile à décrire. La vodka aidant, elle s'était détendue. Il avait essayé de la faire rire, de se montrer à son avantage, d'enjoliver son job. Au début, elle l'avait écouté, puis très vite son intérêt avait décru. Elle s'était détachée de la conversation, avait commandé un deuxième cocktail puis un autre encore. Elle était là sans l'être. Engourdie, flottante, ailleurs.

Lelièvre avait bien compris qu'il ne lui plaisait pas. Qu'Angélique aspirait à autre chose. Malgré tout, elle avait accepté de le suivre chez lui, rue Eugène-Varlin, sans qu'il ait besoin d'insister. Elle avait bu, mais pas suffisamment pour être ivre. Plus tard, en se refaisant le film de la soirée sous toutes les coutures, le journaliste jugerait qu'il n'avait pas profité d'une quelconque faiblesse. Angélique était lucide et consentante. Elle avait quitté l'appartement au petit matin, laissant en lui un vide, une absence qu'il ne s'expliquait pas. Elle avait habité ses pensées toute la journée. Il avait essayé de la revoir, mais elle n'avait répondu à aucun de ses messages. Il avait insisté, mettant de côté son amour-propre, et lui avait même écrit une vraie lettre, la suppliant de lui donner une autre chance.

Elle avait daigné le rappeler un dimanche soir de septembre pour lui demander de cesser son harcèlement sans quoi elle n'hésiterait pas à porter plainte. Elle ne voulait plus entendre parler de lui, elle voulait qu'il disparaisse de sa vie dans laquelle il n'avait rien à faire avec son air con, ses tee-shirts à deux balles, ses discours gauchistes, sa petite bite et sa calvitie précoce.

Corentin avait raccroché, meurtri et sous le choc. Jamais il ne s'était senti si minable, moche et déclassé. Il était resté un long moment à se détailler devant son miroir pour constater que même les implants qu'il avait faits l'été précédent à Istanbul n'avaient pas tenu sur son crâne.

Il essaya de tourner la page et d'oublier complètement cette histoire dont il n'avait heureusement parlé à personne. Il traversa sans heurt le début d'automne, réussissant à garder ce souvenir à distance. Mais l'image d'Angélique revint à la charge en décembre. Toujours la même : son entrée dans le bar, sa veste verte cintrée, sa chevelure ardente qui ondulait comme dans un tableau de Klimt. Non, il n'en était pas délivré. Même s'il se faisait croire le contraire, l'infirmière hantait son esprit. Elle avait beau l'avoir humilié, il en était amoureux. Une passion malsaine, dévorante, revancharde.

Il utilisa les informations qu'il avait glanées lorsqu'il avait remonté sa piste grâce aux réseaux sociaux.

Il avait gardé son adresse et se rendit un soir à Aulnay-sous-Bois. La maison était vide. La curiosité le poussa à casser deux persiennes d'un volet et à faire exploser la vitre. Il savait que c'était une connerie qu'il finirait par payer un jour, mais il était malade, possédé, saisi par une sorte d'amok. Il voulait percer le mystère Angélique Charvet. L'appartement était à moitié vide, mais en le fouillant de fond en comble il mit la main sur un test de grossesse positif ainsi que sur un ticket de caisse de la pharmacie qui prouvait que celui-ci avait été acheté trois semaines après leur rapport.

À partir de là – et sans être certain de ce que cette découverte impliquait vraiment –, Corentin bascula. Il se sentait floué, dévoré par une rage qui lui fit perdre tout contrôle. Le numéro de portable d'Angélique avait été réattribué, elle avait fait disparaître toute présence sur les réseaux et personne ne savait où elle habitait désormais. Pour un journaliste il y avait là matière à investigation. Il savait enquêter et ses rares piges lui laissaient du temps pour le faire. Il retrouva sa trace en Italie grâce à sa nomination à la Fondation AcquaAlta.

Tout ça était rocambolesque. Que s'était-il produit pour que la vie d'Angélique prenne une direction si inattendue ? Corentin emprunta de l'argent à sa mère et, le 18 décembre, prit un avion pour Venise. Il commença à rôder autour des lieux associés à la famille Sabatini. Son intuition était bonne. Il finit par apercevoir Angélique en train de quitter le Palazzo

Veziano. Il l'interpella avec véhémence et chercha à lui parler, mais se fit rabrouer par un garde du corps qui lui demanda de ne pas importuner une femme enceinte.

Cette nouvelle rebuffade le rendit fou et décupla sa rage. En compulsant la volumineuse documentation qu'il avait rapatriée d'Internet, il trouva un article du *Vogue* italien dans lequel Bianca Sabatini, la femme de *l'Ingegnere*, livrait ses meilleures adresses vénitiennes. Elle recommandait notamment la Pasticceria Regazzoni, où il lui arrivait fréquemment de prendre un café à l'ouverture lorsqu'elle était dans la Cité flottante.

C'est là que Corentin la trouva, au matin du 20 décembre, installée au comptoir, en train de déguster une pâtisserie devant un double expresso. Il l'aborda, se présenta à elle et lui dit qu'il avait des informations importantes à lui communiquer.

— Des informations à quel sujet ? demanda-t-elle, sceptique.

— Sur Angélique Charvet.

Bianca le regarda, intriguée et méfiante.

Et Corentin vida son sac.

4.

Taillefer évita de peu le chandelier en argent en le repoussant fermement d'un mouvement du bras. Il partit à la poursuite d'Angélique qui dévalait le grand escalier à toute allure. Il était venu sans arme, décidé à improviser sur place comme il en avait l'habitude. Excité, fiévreux, épuisé, il marchait plus qu'il ne courait, se demandant par quel miracle il tenait encore debout.

Mais le train était lancé et il savait à présent qu'il irait jusqu'au bout.

Au deuxième étage, Angélique chercha à le semer dans le labyrinthe du *palazzo*. Il traversa l'ancienne salle de bal, la bibliothèque, une enfilade de petits salons. Partout des fresques, des lustres de Murano, des statues de marbre, des murs tendus de soie, des boiseries qui sentaient encore la cire. Mais à cause des travaux en cours, ce faste disparaissait sous les bâches en polyéthylène. Des fils électriques sans douille pendaient des hauts plafonds, des échelles et des tréteaux de maçon compliquaient sa progression.

La tempête et la vue sur le Grand Canal n'étaient jamais loin. Elles réapparaissaient chaque fois au détour d'une fenêtre ou d'un vitrail, comme une ouverture sur les éléments déchaînés. L'esprit de Taillefer se brouillait. Même le Doliprane ne pouvait plus contenir le déferlement de fièvre. Dans sa tête, les personnages des fresques semblaient prendre vie. Les cupidons, les satyres, les *medico della peste* avec leur tunique en toile cirée et leur masque macabre en forme de vautour. Si Taillefer avait perdu de vue la jeune femme il la pistait à l'instinct, traquant l'odeur de la peur, comme un

animal. Au premier étage un pont-passerelle permettait d'enjamber un petit jardin pour rejoindre une autre aile du bâtiment puis un escalier en colimaçon qui plongeait dans les entrailles du *palazzo*. Angélique était passée par ici, il en était certain.

Taillefer descendit les dernières marches dans l'obscurité et arriva dans une salle voûtée où flottait une odeur de fleur d'oranger. Il plissa les yeux, distingua une immense cheminée, un poêle en fonte, une table de cuisson avec ses brûleurs et une batterie de vieilles casseroles en cuivre. *Les anciennes cuisines…* Un soupirail avait cédé et l'eau s'engouffrait avec force dans la pièce, noyant les gros carreaux en grès. Les pieds dans l'eau, il avança à tâtons, faillit se heurter à une poutre et…

Un éclair zébra les murs de pierre et Angélique Charvet apparut devant lui telle une dame blanche, spectrale et terrifiante. Armée d'un long couteau de cuisine, elle se jeta sur lui en hurlant, décidée à le poignarder. Il savait qu'elle était dangereuse, qu'elle avait déjà tué et qu'elle n'hésiterait pas à le faire de nouveau.

Le premier coup le frappa à l'épaule. Il l'accueillit avec fatalisme sans même avoir le temps d'esquisser le moindre geste de protection. Il lui fit presque du bien, comme une saignée salutaire qui permettrait de le purger de ses tourments. Un coup de plus dans sa vieille carcasse écrasée de fatigue, engluée dans des tourments dont il ne se libérerait jamais. Angélique retira la lame et réarma son bras. Une part de lui avait renoncé, presque heureuse d'en finir. Au fond, n'avait-il pas parcouru ce chemin uniquement pour en arriver là ? Cette enquête était-elle autre chose que la traversée d'un labyrinthe dont la seule issue était sa propre mort ?

Il ne réagit pas davantage lorsque le deuxième coup le frappa en plein ventre. Il sentit que ses yeux étaient sur le point de se fermer. Depuis le début il n'attendait que ça : s'extirper de ce dédale pour connaître la délivrance.

La mort, enfin !

Même le bruit des coups de couteau lui était agréable. La chair qui se déchire, l'abcès qui se crève, le sang brûlant qui gicle à l'extérieur, soulagé de s'échapper d'un organisme putréfié. Le moteur de la bagnole était à sec depuis longtemps. Il se demandait même comment il avait pu tenir jusque-là. Il ne manquerait à personne. À part peut-être à son chien.

Malgré la faible luminosité, il distinguait le visage d'Angélique déformé par la fureur, ses cheveux fous, ses yeux de Gorgone. Il ne valait pas mieux que la meurtrière. Leurs destins étaient d'ailleurs étrangement parallèles. Lui aussi avait tué, lui aussi avait dû composer avec sa part d'ombre.

Elle leva le bras pour l'achever.

Les coups de couteau qui pleuvent… c'était l'histoire de sa vie.

Dans un flash, il revit ceux qu'il avait reçus dans la rame de métro dix-huit ans plus tôt. Les coups de couteau impitoyables d'Elias Abbes. Son corps servant de bouclier pour protéger Alice Bakker. La scène se superposait dans son esprit comme un décalque avec ce qu'il était en train de vivre. Dans ce *remake*, Angélique Charvet avait remplacé le délinquant, mais la situation était la même, si ce n'est que cette fois il n'avait personne à protéger. Il revivait la scène avec une précision diabolique. L'odeur grasse, fétide du métro. La gueule rigolarde des trois connards qui l'encerclaient, les moutons de la rame qui se gardaient bien d'intervenir. Elias Abbes qui frappait et son corps à lui, en rempart, dernière muraille pour éviter que la fille ne soit blessée ou tuée. C'était le rôle qu'il savait le mieux jouer : celui du boxeur acculé, du puncheur qui encaisse avant de pouvoir répliquer. Il avait pour lui ces qualités des besogneux, celles de ceux qui n'ont ni brio, ni grâce : une endurance et une ténacité qui, dans certaines circonstances, confinaient véritablement au courage.

Alors que le couteau d'Angélique s'abattait une troisième fois, le corps de Taillefer vrilla et le flic s'écroula sur le sol, la tête la première.

L'eau continuait à monter, le couvrant presque entièrement. À présent, il ne bougeait plus. Éteint, attendant la mort. Avant qu'il soit emporté dans la pénombre, un dernier flux d'oxygène irrigua son cerveau. L'étincelle alluma un souvenir intrigant : ce moment fugace, sous les coups, où il s'était retourné pour chercher du regard Alice Bakker. Leurs yeux s'étaient croisés, et malgré le péril, il avait cherché à présenter un visage rassurant, à lui faire comprendre qu'il allait la protéger, qu'il fallait tenir encore quelques secondes, que le calvaire prendrait bientôt fin.

Il revivait la scène avec une précision diabolique.

Il se souvenait parfaitement d'Alice Bakker. Ses iris cerclés d'or, la fossette de son menton, la douceur de son visage malgré la peur.

Il se souvenait parfaitement d'Alice Bakker.

Ce visage, ces yeux, cette fossette.

C'étaient ceux de Louise Collange.

5.

Dès qu'elle vit son agresseur s'effondrer dans l'eau noirâtre, Angélique lâcha le couteau et prit ses jambes à son cou. Elle remonta les marches glissantes pour s'extirper de cet enfer. Elle tremblait, son cœur cognait comme il n'avait jamais cogné, mais cette victoire sur l'ennemi lui redonnait l'espoir que tout ne soit pas fini. Le ventre tendu, déterminée à sauver sa peau, elle grimpa jusqu'à sa chambre. Elle enfila un jean, un pull large, des baskets, jeta quelques affaires dans un sac à dos, vérifia dans son portefeuille qu'elle avait de l'argent liquide, n'oublia pas de glisser son passeport dans sa poche.

Aller où ?

Elle ne savait pas encore, mais il fallait quitter l'Italie. *Et vite !*

Sur ses gardes, elle redescendit l'escalier, traversa le hall toujours désert et sortit du *palazzo*. Elle allait s'en tirer une fois de plus. Elle savait garder son calme dans les épreuves. Son cerveau primitif aimait le danger, les périls, les états de guerre.

La tempête la frappa dès qu'elle mit le nez dehors. Venise tremblait sur ses fondations. Les éléments se déchaînaient. Le vent, la pluie, les nuages ocre chargés de sable. Plus rien n'était stable. Des bruits sourds montaient du sud comme les pas lourds d'un monstre tout droit sorti d'un film catastrophe. Un *kaijū* prêt à déraciner la ville.

Angélique fit quelques pas sous l'averse. Il n'y avait pas âme qui vive. Le Riva était de retour, amarré au ponton, tanguant sur les eaux du Grand Canal. Elle n'était pas certaine d'être capable de le conduire, mais c'était un risque à courir. *Non, une chance à saisir.* Elle s'avança en direction du canot, bravant les rafales salées qui l'attaquaient de face.

La plate-forme d'accostage était noyée dans l'humidité et le brouillard. On n'y voyait pas à trois mètres, mais elle eut l'impression mauvaise qu'une présence invisible rôdait à ses côtés. Quelqu'un était là ! Le type qu'elle avait poignardé et laissé pour mort ? Le garde du corps des Sabatini ? Elle sursauta et se retourna. La façade colorée du palais Veziano avait disparu sous une épaisse purée de pois.

— Une seconde chance…

Un gémissement avait percé à travers la mélasse. Ou peut-être n'était-ce que son esprit qui lui jouait des tours ?

— Pourquoi tu ne m'as pas donné une seconde chance ? demanda la voix avec plus de fermeté.

Angélique fit volte-face. De la brume émergea une silhouette. Un homme engoncé dans un K-Way verdâtre. D'abord, elle ne le reconnut pas avec sa capuche en plastoc qui masquait son crâne et ses lunettes de vue, perlées de gouttes de pluie tiédasse. Puis elle l'identifia avec stupeur.

Corentin… Corentin Lelièvre…

Le journaliste se dressait devant elle, tremblant, dans toute sa médiocrité. Entre ses mains crispées, il tenait fermement une rame de gondolier. Une longue et massive pièce de bois à l'extrémité striée de bandes rouges et blanches, aplatie comme une pelle à tarte.

Le mec n'était pas net, elle l'avait su au premier regard échangé dans ce bar après une journée pluvieuse. Mais même avec cette arme, il ne parvenait pas à lui faire peur. Jusqu'au bout, elle se dit qu'elle allait parvenir à raisonner ce minable, mais lorsqu'elle ouvrit la bouche pour l'amadouer, il abattit sur elle son aviron avec une force de dément.

Angélique chancela, pensa qu'elle pouvait encore fuir, mais un second coup la propulsa dans les eaux du Grand Canal.

Et elle sombra dans un abîme de ténèbres.

IV.

FRAGMENTS

Une marée historique dévaste Venise

31 décembre 2021

Agenzia Nazionale Stampa Associata.

Une marée d'une ampleur exceptionnelle de 1,91 mètre s'est abattue jeudi sur Venise. Accentuée par de violentes bourrasques de sirocco, cette *acqua alta* a vu déferler les vagues bien au-delà de la place Saint-Marc et des parties basses de la ville. Plus des trois quarts de Venise seraient touchés. Il s'agit de la deuxième plus haute marée mesurée dans la cité des Doges depuis celle du 4 novembre 1966 (1,94 mètre).

Le phénomène climatique a causé de très gros dégâts, désorganisant les transports et plongeant la ville dans le chaos. L'eau montante a dévasté les terrasses des cafés et restaurants et noyé les abords des hôtels situés le long du Grand Canal. La crypte et le vestibule de la basilique Saint-Marc ont été inondés et des débuts d'incendie ont éclaté dans plusieurs points de la ville, heureusement maîtrisés par les pompiers qui sont intervenus à plus de 300 reprises.

Au moins 3 morts sont à déplorer. Dans le Dorsoduro, un boulanger de 44 ans a péri électrocuté alors qu'il tentait d'utiliser une pompe de relevage pour évacuer l'eau dans son fournil. Un foyer de personnes âgées a été inondé sur l'île de Pellestrina. Une vague de boue a déferlé par l'une des ouvertures du rez-de-chaussée. Une vingtaine de pensionnaires ont pu être sauvés par le personnel, mais une femme de 83 ans a péri noyée. Enfin, une jeune Française enceinte, Angélique Charvet, 35 ans, employée de la Fondation Sabatini, est décédée aux abords du palais Veziano dans un accident dont les circonstances restent à éclaircir.

Le montant des dégâts matériels est pharaonique – on parle de plusieurs centaines de millions d'euros –, incitant le président du Conseil à promulguer un décret d'état d'urgence pour catastrophe naturelle.

Le niveau des flots était redescendu vendredi, mais des centaines de bateaux et de gondoles dérivaient encore sans amarres dans la lagune et les canaux. Si le pic de la tempête semble passé, le Centre des marées n'exclut pas d'autres épisodes problématiques dans les jours à venir.

Parmi les Vénitiens, la colère grondait ces dernières heures. La cité des Doges est régulièrement touchée par de telles marées, mais la fréquence et l'intensité de celles-ci deviennent de plus en plus aiguës avec le changement climatique. Un projet de digues flottantes pouvant protéger la ville de la montée des eaux est en chantier depuis 20 ans et devrait être opérationnel prochainement. Il n'a jamais été autant attendu.

Après la tempête

Vendredi 31 décembre 2021.
Ospedale SS. Giovanni e Paolo.
Hôpital public de Venise.

La tempête avait cessé depuis plusieurs heures déjà. Le vent était tombé, un soleil d'hiver tranquille s'attardait sur la lagune. Difficile, si on se contentait de regarder la couleur du ciel, d'imaginer le cataclysme qui venait de ravager Venise. Sous les fenêtres de l'hôpital, on entendait le ballet des habitants, commerçants et restaurateurs qui s'activaient pour sécher et réparer ce qui pouvait l'être. L'eau ne refluait que lentement. La ville mettrait longtemps à panser ses plaies et le futur s'annonçait difficile. Seuls les vendeurs de bottes en caoutchouc, tels des profiteurs de guerre, étaient à l'affût pour placer leur stock à des touristes goguenards qui, le sourire aux lèvres, partageaient leurs photos sur les réseaux avec leurs hashtags ridicules.

Perfusé, la clavicule et le bas du ventre bandés, Mathias Taillefer ouvrit les yeux sans savoir vraiment où il se trouvait. Quelque part dans les limbes, entre le ciel et la terre, dans un lieu d'expiation sans doute. En tout cas ce purgatoire avait de belles couleurs. Des rayons dorés enveloppaient sa chambre et un ange blond était à son chevet.

Sa respiration était difficile et son souffle un peu entravé. Ses yeux rencontrèrent ceux de Louise. Fossette au menton, regard brillant, pupilles en alerte, reflet lumineux de sa personnalité. Tout avait commencé cinq jours plus tôt dans un hôpital parisien, tout se terminait aujourd'hui dans un hôpital vénitien. Il ouvrit la bouche et articula :

– Tu m'as bien... roulé dans la farine.

Elle se pencha vers lui. Il essaya de parler plus fort :

– Bien sûr, tu n'étais pas là par hasard à Pompidou. Dès le départ tu savais qui j'étais...

Louise hocha la tête.

– C'est ma grand-mère biologique, Margharita Bakker, qui m'a raconté la vérité lorsque je suis allée la voir à Rotterdam l'année dernière.

– Jamais Alice ne m'a dit qu'elle était enceinte de moi, jura Taillefer.

– Je sais, répondit Louise.

– Je n'ai plus eu aucune nouvelle d'elle depuis 2003.

– Elle est morte il y a quelques années. Je vous raconterai.

Taillefer porta sa main à son cœur.

– Je ne crois pas que je vais m'en sortir cette fois.

Elle haussa les épaules.

— Cessez de vous plaindre. Vous avez l'air en pleine forme.

— Quoi ? s'étrangla-t-il.

— Deux ou trois coups de couteau dans le bide, vous avez l'habitude maintenant. Ce n'est pas grand-chose pour vous, si ?

Le tribunal du point d'honneur

Jeudi 23 décembre 2021.

Comme chaque matin lorsqu'elle était à Venise, Bianca Sabatini venait prendre son café à la Pasticceria Regazzoni. Gianluigi, le patron, lui réservait toujours les deux mêmes sièges au bout du comptoir. Bianca prenait place et s'accordait une heure de vagabondage mental, prenant le temps de la réflexion sur les problèmes affectant sa famille ou l'entreprise.

Tout le monde pensait que Lisandro était le Parrain, le chef de famille, mais c'était une fable. La patronne, c'était elle. Depuis toujours. Toutes les décisions importantes remontaient à elle. En particulier les plus difficiles. Elle tranchait en conscience, sans que sa main tremble.

Ce matin-là, un homme vêtu d'une parka rouge poussa la porte de la pâtisserie et vint s'asseoir à côté de Bianca.

Henri Pheulpin, l'homme au manteau rouge, avait été convoqué de bonne heure car Bianca souhaitait soumettre un cas au tribunal du point d'honneur. Elle poussa devant lui un dossier qu'elle avait elle-même minutieusement préparé et qui récapitulait les griefs adressés à Angélique Charvet.

— Jamais notre famille n'a été agressée de la sorte, lâcha Bianca d'un ton glacial.

Pheulpin baissa la tête vers le dossier et ne put s'empêcher de jeter un coup d'œil aux premières feuilles. Il s'agissait d'un rapport d'autopsie ayant suivi l'exhumation de Marco Sabatini. Quelques termes étaient surlignés en jaune fluo : « injection de chlorure de calcium », « fibrillation », « acte manifeste d'empoisonnement ».

— La place de cette fille n'est pas sur la Terre, reprit Bianca. Elle est dans le neuvième cercle de l'enfer, à côté des traîtres et des assassins.

— Le jugement sera rendu dans les plus brefs délais, assura Pheulpin.

Il allait repartir lorsque Bianca le retint par la manche.

— J'ai un autre service à vous demander.

Elle sortit un second dossier de son sac.

— Je ne supporte pas les traîtres, mais les balances me dégoûtent encore davantage, dit-elle en tendant la pochette cartonnée à l'homme au manteau rouge.

Pheulpin enleva les élastiques. L'enveloppe ne contenait qu'un nom et une photo. Celle d'un trentenaire au crâne dégarni et à la barbichette clairsemée portant un tee-shirt qui se voulait drôle avec son inscription : « Il faut sauver notre planète, c'est la seule où il y a de la bière ».

CAFE DE LA MARINE

Mort d'un journaliste après un accident de trottinette

2 janvier 2022

Le Parisien.

Un journaliste de 34 ans, Corentin Lelièvre, a été renversé par une voiture quai de Jemmapes (10e arr.) alors qu'il circulait à trottinette.

Après le choc, le véhicule – une BMW X4 noire conduite selon les témoins par un homme portant un anorak rouge – a pris la fuite sans s'arrêter.

Notre confrère était déjà décédé lors de l'arrivée des pompiers.

Une enquête a été ouverte, confiée au STJA (Service du traitement judiciaire des accidents) pour tenter de déterminer les circonstances exactes du drame.

Ces derniers mois, les accidents mortels impliquant les trottinettes se sont multipliés dans la capitale. Beaucoup de Parisiens sont excédés par les incivilités engendrées par ces deux-roues et par le laxisme de la force publique qui semble avoir renoncé à faire respecter un minimum d'ordre. Du côté de la Mairie, on se défausse sur les opérateurs privés chargés des trottinettes en libre-service, accusés de ne pas faire suffisamment d'efforts pour réguler la vitesse et organiser le stationnement des engins.

Syrinx

Paris.

Gare du Nord.

Octobre 2003.

Vendredi soir. Il y a du monde sur le quai pour emprunter la ligne 4 en direction de la porte d'Orléans.

Mathias Taillefer, vingt-neuf ans, rentre chez lui à Montrouge. Avec son binôme, il a passé le début de la soirée à vérifier des alibis à Barbès dans une affaire de meurtre touchant la communauté malienne de Montreuil. Il se faufile parmi les voyageurs. Un coup d'œil à sa montre : vingt et une heures quarante-cinq. Il n'a pas vu le temps passer. Encore une soirée sacrifiée. La transition entre le boulot et la vie civile lui est toujours difficile. Taillefer a toujours porté en lui une singularité, un rapport distant avec le monde, une certaine mélancolie. Ce soir, sans qu'il sache pourquoi, le spleen et le sentiment de solitude se font plus prégnants.

Il s'assoit sur l'un des sièges en plastique orange dans l'attente du prochain train, sort un livre de poche de son blouson : *L'Amour aux temps du choléra* de

García Márquez. Il en parcourt quelques lignes, mais très vite relève la tête, happé par le bourdonnement de la ruche du métro. C'est une seconde nature : être toujours aux aguets, vigilant, s'assurer de la sécurité du périmètre autour de lui. Il remarque le manège de deux pickpockets, mais, malins, les types le repèrent aussi et détalent sans demander leur reste.

La rame entre en gare et s'immobilise. Les portes s'ouvrent, déversant un flot de voyageurs. C'est la soirée des restos, des cinés, des retrouvailles entre copains, des départs en week-end.

Mathias hésite entre deux wagons. Il ne sait pas que la suite de son existence se joue là, à cet instant précis. Qu'il est en train de vivre l'un de ces moments qui peuvent faire basculer sa vie pour toujours.

Mathias hésite entre deux wagons. Il ne le sait pas, bien sûr, mais dans celui de gauche, il y a Elias Abbes et ses deux acolytes, des coups de couteau, des années de galère, un voyage pour l'enfer. Dans celui de droite un parcours anodin.

Gauche ou droite ?

Soudain apparaît sur le quai la silhouette d'une femme blonde, pressée, vêtue d'une veste jaune vénitien et d'un chemisier blanc. En bandoulière, elle porte un étui pour flûte traversière de la marque Pearl et de son cabas dépasse une partition dont il parvient à déchiffrer le titre à la volée : *Syrinx* de Claude Debussy.

Leurs regards se croisent, s'aimantent. Mathias monte dans le même wagon qu'elle. Celui de gauche. À cause d'un sourire, d'une blondeur dans la grisaille, de quelques notes de *Miss Dior*, d'une promesse de musique, d'un éclat d'intelligence dans les yeux, d'une fossette sur le menton.

La sirène retentit. Les portes se referment. La rame s'en va.

Fixant pour toujours la destinée de ses occupants.

NORD

Alice Bakker

Paris.

Septembre 2009.

Elle était venue dans l'unique idée de la voir. Elle avait pris le train en fin de matinée à Rotterdam et avait déambulé dans Paris aux abords du jardin des Grands-Explorateurs où se trouvait l'école de Louise. Là, elle avait attendu l'« heure des mamans » un peu en retrait. La maman, c'était elle, mais elle n'était jamais venue chercher sa fille à l'école.

Alice Bakker n'avait jamais eu cet instinct maternel que l'on glorifie socialement, mais lorsqu'on lui avait annoncé qu'elle était atteinte d'un cancer incurable, c'est à elle qu'elle avait pensé en premier : Louise, sa fille de cinq ans.

C'était le « père » de l'enfant, Laurent Collange, qui avait récupéré Louise à la sortie de l'école. Direction le jardin du Luxembourg pour y prendre le goûter. Elle les avait suivis à bonne distance pour ne pas se faire repérer. La cabane des petits voiliers, le grand bassin octogonal, les rires des enfants, les chaises couleur vert d'eau et le ballet des pigeons : le charme du Luco opérait toujours. Mais c'était surtout une petite fille qui l'hypnotisait. Une lueur atmosphérique. Si incroyable que ça puisse paraître aujourd'hui, c'était bien elle qui l'avait portée dans son ventre pendant neuf mois avant de lui donner la vie. Avant que son cerveau détraqué ne décide de l'abandonner.

La perfection existait donc en ce monde sous les traits d'une enfant qui sautait à cloche-pied entre les bandes du soleil filtrant à travers les marronniers. De longs cheveux blonds ondulés, une paire de lunettes de vue ovales, un col Claudine. Cette blondeur, c'était elle ! Elle avait été blonde et belle autrefois avant de devenir cette vieille punk décharnée et tatouée qui n'avait plus rien de solaire en elle.

Malgré sa transformation physique, Laurent Collange l'avait reconnue de loin. Jamais Alice n'avait dit à son ancien compagnon que Louise n'était pas sa fille biologique. Laurent avait forcément nourri des doutes, mais il s'était bien gardé de poser des questions et avait plongé avec bonheur dans la paternité. À présent, elle lisait sur son visage la panique à l'idée qu'elle soit là pour lui enlever sa merveille. Mais elle n'était pas venue pour ça. Elle n'était venue que pour la voir une dernière fois. Pour graver son visage radieux dans sa tête en espérant que cette image la rassurerait lorsque viendrait le moment de s'enfoncer dans les ténèbres.

Un printemps libanais

Beyrouth.
Quartier d'Achrafieh.
Avril 2022.

Taillefer était arrivé la veille de Paris par le dernier vol Middle East Airlines qui avait trois heures de retard. Il était descendu dans un petit hôtel de Gemmayzé et s'était endormi rapidement malgré la literie sommaire et la chaleur pesante.

Ce n'est que ce matin qu'il avait pris le temps de déambuler dans les rues de la capitale. Il avait connu la ville autrefois, au milieu des années 1990, lorsque Beyrouth était « la Suisse du Moyen-Orient ». À l'époque, il avait été conquis par cette cité follement romanesque qui ne ressemblait à nulle autre.

Aujourd'hui, tout avait radicalement changé. Le pays du Cèdre était dans la tourmente, au confluent de multiples crises. La double explosion dans le port du Beyrouth au cœur de l'été 2020 avait précipité le Liban dans un cataclysme inédit. Le quotidien était un chemin de croix. Se nourrir, avoir de l'électricité, mettre de l'essence, se soigner prenait des allures de parcours du combattant. Malgré la résignation, les gens étaient pourtant toujours aussi avenants. Taillefer avait passé la matinée à discuter au gré des rencontres dans les cafés et les boutiques.

Treize heures. L'atmosphère était chaude et humide. Il prit son courage à deux mains pour monter l'escalier Saint-Nicolas. Cent vingt-cinq marches patinées qui s'élevaient jusqu'au quartier grec-orthodoxe de Sursock, le plus grand escalier extérieur du Moyen-Orient. L'endroit avait été durement touché par l'explosion. Beaucoup de maisons et d'immeubles n'avaient pas fini de panser leurs plaies. Le flic poussa jusqu'à l'église orthodoxe Saint-Nicolas entourée d'un grand jardin public. Il s'assit sur un banc près d'une grande fontaine et attendit. C'est là, avait-il appris, que Lena venait prendre son déjeuner lorsqu'il faisait beau. Le cabinet de vétérinaire dans lequel elle travaillait se trouvait à deux pas, sur l'avenue Charles-Malek.

Il sentait son cœur qui accélérait. Un cœur qui n'était pas tout à fait à lui. Il s'était refait le film mille fois dans sa tête et pourtant il tremblait comme une feuille. Ces derniers mois, grâce à Louise, il avait commencé à se reconstruire et à remettre sa vie sur des rails. Il avait retrouvé un peu d'entrain, un peu de confiance en la vie et s'était même autorisé à se projeter dans l'avenir. C'est Louise qui l'avait convaincu que ce voyage valait la peine et qu'il fallait qu'il ait une explication avec Lena. Il avait patienté avant de franchir le pas.

Aujourd'hui, il n'en menait pas large, mais il savait qu'il ne fallait pas attendre davantage. Il devait capitaliser sur ses maigres progrès. La vie était trop imprévisible, capable du jour au lendemain de souffler votre château de cartes.

Il était sur son banc depuis dix minutes lorsque la silhouette de Lena apparut derrière les jets d'eau de la fontaine. Taillefer se leva, courageux, se raccrochant à ce qu'il savait faire de mieux : aller sur la ligne de feu en faisant preuve de bravoure, prêt à essuyer toutes les tempêtes.

Il pensa à Stella Petrenko avec qui il partageait cette résistance envers et contre tout, cette capacité de se relever, même blessé, amoché, laissé pour mort. Il pensa à Angélique Charvet qui avait cru pouvoir forcer son destin et imposer sa chance. Il pensa à Louise, surgie d'un passé dont il ignorait tout, cadeau inattendu de la vie qui l'avait sauvé de l'enfer. La vision mentale du visage de sa fille l'apaisa et lui donna de l'espoir. Et c'est en laissant parler son cœur qu'il s'adressa à Lena.

Le cimetière du Montparnasse

Paris.

8 octobre 2022.

Mathias s'était levé de bonne heure comme il en avait désormais l'habitude. La maison était encore endormie, mais la veillée d'armes prendrait fin dans quelques minutes. Deux tornades, Baptiste, neuf ans, et Anna, sept ans, ne tarderaient pas à se lever et à déferler dans la maison avec leurs albums Panini, leurs constructions en Lego et leurs figurines Harry Potter.

Dans la cuisine, Mathias s'activait : beurre, miel crémeux, confiture, tranches de pain de mie à griller, jus d'orange qu'il pressait directement avec ses grosses mains.

Les cours commençaient à huit heures trente. Chaque matin il amenait les deux phénomènes à l'école : vingt-cinq minutes de marche de la maison jusqu'au boulevard Edgar-Quinet puis rebelote dans l'autre sens chaque fin d'après-midi.

Désormais, il se sentait à sa place. Il était un rouage d'un projet collectif qui le dépassait. La vie commune avec Lena et les enfants avait donné un sens à son existence. Un ancrage positif qu'il avait toujours recherché. Il avait restauré son cœur en mille morceaux, un peu à la manière du *kintsugi*, cet art ancestral japonais qui consistait à réparer les objets en céramique à l'aide d'une colle de laque et de poudre d'or. Ses cicatrices restaient apparentes non pas comme un trophée, non pas en prétendant naïvement que « ce qui ne me tue pas me rend plus fort », mais seulement en signe d'acceptation. Les coups reçus l'avaient éprouvé, mais ne l'avaient pas brisé au point d'obérer tout espoir d'avenir.

Une fois qu'il avait déposé les enfants à l'école, il rentrait souvent en coupant par le cimetière du Montparnasse. Là, il déambulait parmi les tombes. Au fil de ses visites, il avait appris à aimer la compagnie des morts, à leur parler, et ces conversations lui faisaient du bien.

Simon Verger, l'homme dont il portait le cœur, n'était pas enterré ici, mais en Loire-Atlantique. Qu'importe. Mathias n'avait pas besoin de ce type de promiscuité puisqu'il vivait avec le cœur de Simon dans sa poitrine. Il lui donnait presque quotidiennement des nouvelles des enfants et de Lena, lui racontait leur nouvelle vie à Paris et tenait à lui faire comprendre qu'il n'avait pas pris sa place, mais qu'il était là en vigile. Et que si, un jour, un danger menaçait leur famille, il mettrait son corps en opposition. Il se prendrait les coups de poing, les coups de couteau, les projectiles, les balles. C'était quelque chose qu'il savait faire.

Mathias Taillefer ne croyait pas en Dieu, mais il se disait que peut-être, de là-haut, Simon Verger voyait tout ça et qu'il lui en savait gré.

Références

Page 9 : Patricia Highsmith, *Les Écrits intimes 1941-1995, journaux et carnets,* Calmann-Lévy, 2021 / Georges Simenon, *Portrait souvenir de Georges Simenon : entretien avec Roger Stéphane*, Quai Voltaire, 1989 ; page 15 : Gustave Flaubert, « Lettre à Louise Colet, 23 octobre 1851 », *Œuvres complètes* ; page 29 : Haruki Murakami, *Kafka sur le rivage*, Belfond, 2006 ; page 51 : André Gide, *L'Immoraliste*, Mercure de France, 1902 ; page 68 : « L'âge d'aimer n'existe pas. Ce qui existe et qui passe c'est l'âge d'être aimé. », Henri Béraud, *Le Martyre de l'obèse,* Albin Michel, 1922*;* page 77 : Louis Aragon, « Bierstube Magie allemande », in *Le Roman inachevé*, Gallimard, 1956 ; page 103 : attribué à William Shakespeare ; page 113 : Victor Hugo, *L'Homme qui rit*, 1869 ; pages 119 et 130 : Anatole France, *Le Crime de Sylvestre Bonnard*, 1881 ; page 135 : Georges Simenon, *Les Scrupules de Maigret*, Presses de la Cité, 1958 ; page 151 : Louis-Ferdinand Céline, *Mea Culpa,* Denoël et Steel, 1936 ; page 159 : *La Règle du jeu*, Jean Renoir, 1939 ; page 175 : Fiodor Dostoïevski, *Crime et Châtiment*, Librairie Plon, 1866 ; page 197 : Anton Tchekov, *Oncle Vania*, 1897*,* Actes Sud, 2001*;* page 215 : André Malraux, *Le Miroir des Limbes*, *Antimémoires*, 1967 ; page 231 : Paul Valéry, *La Crise de l'esprit*, NRF, 1919 ; page 237 : Patricia Highsmith, *Small G*, 1994, Calmann-Lévy, 2021 ; page 257 : Alexandre Dumas, *Les Trois Mousquetaires*, Le Siècle, 1844 ; page 273 : Jean Giono, *La Chasse au bonheur*, Gallimard, 1988 ; page 293 : Jerzy Kosinski, *L'Oiseau bariolé*, Flammarion, 1966 ; page 309 : Roger Munier, *Requiem*, Arfuyen, 1989.

Autres auteurs et œuvres évoqués

Page 25 : *L'Emmerdeur*, film d'Édouard Molinaro, 1973 ; page 129 : « S'il suffisait d'aimer », Céline Dion, paroles de Jean-Jacques Goldman ; page 169 : « Il était un roi de Thulé », *Faust*, opéra de Charles Gounod ; page 187 : L'homme est un « misérable petit tas de secrets », André Malraux, *Les Noyers de l'Altenburg*, Gallimard, 1948 / « Il n'est point de secret que le temps ne révèle », Jean Racine, *Britannicus* ; page 222 : Sean Lorenz ; page 370 : sur le *kintsugi*, lire le beau texte de Christophe André dans la revue *Kaizen* n° 33, 2017.
Pour les besoins de mon décor, certaines évocations sont un peu décalées dans le temps, ainsi de la grande roue des Tuileries (page 77), de l'œuvre de Christo et Jeanne-Claude (page 215), ou du Mose de Venise (page 341).

Table

IV.
FRAGMENTS

DU MÊME AUTEUR

SKIDAMARINK, Anne Carrière, 2001, nouvelle édition Calmann-Lévy, 2020, Le Livre de Poche, 2022

ET APRÈS…, XO Éditions, 2004, Pocket, 2005

SAUVE-MOI, XO Éditions, 2005, Pocket, 2006

SERAS-TU LÀ ?, XO Éditions, 2006, Pocket, 2007

PARCE QUE JE T'AIME, XO Éditions, 2007, Pocket, 2008

JE REVIENS TE CHERCHER, XO Éditions, 2008, Pocket, 2009

QUE SERAIS-JE SANS TOI ?, XO Éditions, 2009, Pocket, 2010

LA FILLE DE PAPIER, XO Éditions, 2010, Pocket, 2011

L'APPEL DE L'ANGE, XO Éditions, 2011, Pocket, 2012

SEPT ANS APRÈS…, XO Éditions, 2012, Pocket, 2013

DEMAIN…, XO Éditions, 2013, Pocket, 2014

CENTRAL PARK, XO Éditions, 2014, Pocket, 2015

L'INSTANT PRÉSENT, XO Éditions, 2015, Pocket, 2016

LA FILLE DE BROOKLYN, XO Éditions, 2016, Pocket, 2017

UN APPARTEMENT À PARIS, XO Éditions, 2017, Pocket, 2018

LA JEUNE FILLE ET LA NUIT, Calmann-Lévy, 2018, Le Livre de Poche, 2019

LA VIE SECRÈTE DES ÉCRIVAINS, Calmann-Lévy, 2019, Le Livre de Poche, 2020

LA VIE EST UN ROMAN, Calmann-Lévy, 2020, Le Livre de Poche, 2021

L'INCONNUE DE LA SEINE, Calmann-Lévy, 2021, Le Livre de Poche, 2022

FSC
www.fsc.org
MIXTE
Papier issu
de sources
responsables
FSC® C129568

Achevé d'imprimer sur Roto-Page en octobre 2023
par l'Imprimerie Floch à Mayenne
Pour le compte des éditions CALMANN-LÉVY
21, rue du Montparnasse – 75006 Paris

N° d'éditeur : 1128140/01
N° d'impression : 103466
Dépôt légal : octobre 2023

Imprimé en France